© 2016 Georg Bock
1. Auflage
Umschlaggestaltung, Illustration:
tredition GmbH, Hamburg
Verlag: tredition GmbH, Hamburg
ISBN Taschenbuch: 978-3-7345-2476-9
ISBN Hardcover: 978-3-7345-2477-6
ISBN e-Book: 978-3-7345-2478-3

Bibliografische Information der
Deutschen Nationalbibliothek:
Die Deutsche Nationalbibliothek
verzeichnet diese Publikation in der
Deutschen Nationalbibliografie;
detaillierte bibliografische Daten sind
im Internet über http://dnb.d-nb.de
abrufbar.

Inhaltsverzeichnis

VORWORT

In erster Linie ist es mir ein Bedürfnis, zu versichern, dass alle handelnden Personen frei erfunden sind. Im gleichen Atemzug möchte ich jedoch erwähnen, dass sich die fiktive Erzählung über eine Gruppe Jugendlicher in ihrem Geschehen wohl nicht allzu fern von jeglicher Realität befindet. Eine Gesellschaft frei von elterlichen Ketten und voll polizeilicher Willkür ist mit unserem System schon längst keine Utopie mehr. So ist die Bedeutung dieses Buches bewusst auf Themen gerichtet, mit denen ich nicht allein innerlich zu kämpfen habe. Mit hoher Wahrscheinlichkeit kann eine Vielzahl der Leser hierbei gezielt Parallelen zu eigenen Erfahrungen ziehen und Gefühle oder Verhaltensweisen gar nachempfinden.

Die meisten werden sich nun fragen, was kann dieser Normalbürger mit seinen 22 Lenzen an Lebenserfahrung schon wissen? Was kann dieser gewöhnliche Junge noch erzählen, was uns ohnehin nicht schon zu Ohren gekommen ist? Gehören Sie dieser voreingenommenen Meinung an, schlagen Sie das Buch an dieser Stelle einfach zu und gönnen Ihrem Kamin damit etwas Gutes.

Ohne jeden Zweifel wird viel zu viel als überzogener Schwachsinn abgestempelt, was von einem Menschen kommt, der heutzutage der jungen Generation angehört. Kein wirklich sinnvolles Wort wird einem in dieser schnelllebigen Zeit als Teenager oder angehendem Erwachsenen noch zugetraut. Nur zu gern werden alle Missetaten, die wir begehen, genauestens unter die kritische Lupe der Gesellschaft gelegt und als völlig irreparabel angesehen.

Diese Lektüre hat zu Ihrer Überraschung gewiss nicht die Intention, belehrend zu wirken oder jemandem eine richtige Denk- und Sichtweise aufzuerlegen. Weder als Appell noch als eine Art Hilferuf soll dies hier gelten. Es liegt nicht in meinem Sinne, eine schlechte Stimmung zu verbreiten oder gar die Parteien gegeneinander aufzuhetzen.

Vielmehr bin ich der felsenfesten Überzeugung, dass sich niemand in unserem Land auf die Zunge beißen sollte. Schon gar nicht, wenn er meint, damit jemanden erreichen zu können. Dies gelingt mir sicher nicht mit einem bahnbrechenden Ausdruck oder den perfekten formellen Mitteln. Kein dicker Wälzer wird meine Gedankengänge unterstreichen. Es ist die schonungslose

Ehrlichkeit, die das zur Darstellung bringt, was mir am Herzen liegt. Also wieso ein Blatt vor den Mund nehmen, wenn ja selbst schon die versteckte Thematik der Autoren heutzutage in all ihre Einzelteile zerpflückt und kritisiert wird ...

KAPITEL 1 - ⌐GEWOHNHEIT

Die ersten Sonnenstrahlen durchbrachen schon die
wenigen Wolken, die der Nachthimmel noch übrig
gelassen hatte. Es nieselte leicht, sodass die
Tropfen langsam an meiner Stirn herunterliefen.
Diesige Luft entstieg aus den Kanaldeckeln der
völlig zerbröckelten Straßen. Der Geruch von
Zigaretten und Erbrochenem juckte mir in der
Nase. Ich schaute Richtung Himmel und sah die
ersten Lichter in den Zimmern eines brüchigen
Hochhauses brennen. Es war nur eines von
Hunderten. Sie umgaben mich, als wären sie
heraufgezogene Mauern meines Gefängnisses. Die
Frage, ob das Geflimmer in den Fenstern schon
wieder oder immer noch brannte, wurde mir
schnell gleichgültig. Mein Handy vibrierte. Nach
ein paar Sekunden begann die Uhrzeit zu
interessieren, in der ich mich befand. Ich holte es
aus der Hosentasche und erspähte die neue Split-
terapp, die ich mir heruntergeladen hatte. „Gestern
Abend sah das noch nicht so aus", kam mir in den
Sinn, doch ich war noch zu erschöpft, um
ernsthafte Gedanken darum kreisen zu lassen. Da

stand ich nun, am größten sozialen Brennpunkt unserer Stadt. Es war zweifelsohne der Ort, an dem man um diese Zeit mit solchen Umständen am wenigsten sein sollte. Mal wieder.

Da kamen sie. Die ersten Worte dieses noch unwirklichen Tages. „Lauft!", schrie es wie aus der Pistole geschossen. Wie vom Blitz getroffen schreckte ich auf und drehte mich das erste Mal seit einer gefühlten Ewigkeit um. Es waren Rocky und Wiz, die mit einem Eiltempo auf mich zusteuerten. Rockys blutende Platzwunde nahe seiner Augenbraue ließ mich schnell aus meinem Trott in die Realität zurückkehren. Ehe ich mich versah und selber die Beine in die Hand nehmen konnte, macht sich Schmidt bemerkbar, der kurz hinter mir die gleiche stehende Pose angenommen hatte. Unsere Blicke kreuzten sich binnen weniger Sekunden, worauf ein kurzes Nicken folgte. Wir rannten sofort und ohne jeglichen Plan los. Nachdem die ersten Meter und Schlaglöcher geschafft waren, bot sich das nächste Hochhaus als erster Sammelpunkt. Nach der erstmöglichen Ecke bog ich scharf rechts ab. Schmidt, der kurz nach mir um die Ecke schoss, schnappte sichtlich nach Luft. „Ich werde langsam zu alt für diesen Scheiß", sagte er mit einem leichten Schmunzeln auf den Lippen und den Händen auf den Knien. „Du bist zu alt für diesen Scheiß", begegnete ich ihm mit demselben verschmitzten Gesichtsausdruck. „Wo sind die ganzen anderen Halbstarken?" Schmidt ließ sein Schulterzucken antworten. Nachdem sich unsere Atmung wieder verlangsamt hatte, horchten wir hinaus in die noch verlassenen Straßen. Es dauerte einige Minuten, bis die ersten Laute zu hören waren. Es war ein dumpfes Klacken von Absätzen auf dem zerstörten Asphalt, welches immer näher auf uns zukam. „Es sind zwei", flüsterte Schmidt. Seine Atmung wurde wieder schneller. Ich sah mich nach dem bestmöglichen Versteck um. Mir fiel eine Reihe von Biotonnen auf der hinteren Seite des Hochhauses auf. Ich tippte meinem Freund behutsam auf den Hinterkopf und zeigte, ohne auch nur ein Wort zu verlieren, auf den einzig möglichen Ausweg. Seine unmissverständlichen Gesten ließen mich schnell wissen, was er von dieser Idee hielt. Doch es dauerte nicht lang, als auch ihm klar wurde, dass sich keine bessere Gelegenheit bot. Wir gingen wie auf Scherben um die nächste Ecke des Hauses, klappten die Deckel der nach Verwesung riechenden Mülleimer auf und stiegen ein. Bevor Schmidt das Dach über seinem neuen Zuhause schloss, streckte er mir beide Mittelfinger freudig entgegen. Ich antwortete mit einem ihn lächerlich machenden Handkuss und ließ mich in die Abfälle nieder.

Dann war wieder einige Zeit kein Sterbenswörtchen zu vernehmen. Als ich schon kurz davor war, die Luke über mir wieder zu öffnen, erschienen abermals die klackenden Absätze. Sie traten diesmal näher an uns heran, als uns lieb sein konnte. „Diese kleinen Ärsche müssen hier noch irgendwo sein. Ich hab sie genau über die Grenze weglaufen sehen. Wie Hosenscheißer", sagte eine erste erzürnte Stimme. „Wenn ich den Nächsten von diesen Hunden erwische, wird mein Knüppel das Erste und das Letzte sein, was die jemals noch sehen werden", trat eine zweite, noch viel aggressivere auf den Bildschirm. Ich brauchte nun nicht zweimal überlegen, um zu wissen, welche Gefahr da direkt vor unserer Nase auf uns lauerte. Die gleiche Bedrohung, vor welcher Rocky wegspurtete. Sie lauerte und wartete darauf, um möglichst viele von uns nach allen Regeln der Kunst zu verdreschen. Es war die sogenannte Polizei. „Unser Freund und Helfer", dachte ich mir. Völlig gleich, ob wir uns etwas geleistet hätten oder nicht. Schmidt und ich würden den nächsten Tag wohl nicht mehr erleben. Der erste Tropfen Angstschweiß rann in die Augen. Ein ungeheures Gefühl in meiner Bauchregion machte sich breit. Es war ein aussichtsloses Unterfangen, da wir uns nicht zum ersten Mal in den Mülltonnen versteckt hatten und das den uniformierten Männern sicher nicht verborgen blieb. Kein Zufall also, dass die Schritte gezielt auf uns zukamen. Einer zweigte in Schmidts Richtung ab. Der andere hielt direkten Kurs auf meinen kostenlosen Sarg. Je geringer der Abstand wurde, desto unerträglicher wurde mein körperlicher Zustand. Kopfschmerzen setzten ein und der Gestank, welcher unter mir hervorkroch, benebelte sämtliche meiner Sinne. Ich hatte wenig entgegenzusetzen und war ein gefundenes Fressen. Als die erste Hand auf dem Deckel zu spüren war, zog sich die Schlinge um meinen Hals immer enger zusammen. Für den Bruchteil einer Sekunde verabschiedete ich mich innerlich von all meinen Träumen und Hoffnungen. Die so großen Wünsche und erstrebenswerten Pläne rannten immer weiter in die Ferne. Die erste Träne rollte schon aus den Augen, als ein grelles Geräusch wie aus dem Nichts in meine Ohren sprang. Die aufliegende Hand wich ab. Eine verzerrte Stimme jagte durch die plötzliche Stille. Es war so eine, wie sie nur von einem Walkie Talkie stammen konnte. Sie stotterte: „Wir haben einen!" „Zu Befehl, wir sind auf dem Weg", rief es direkt über mir. Ohne wirklich zu realisieren, was hier gerade geschah, stellte ich fest, wie sich die Absätze wieder von uns abwandten. Erneut verstrichen mehrere Minuten. Das Gefühl in meinen Beinen kehrte nun langsam wieder zurück. Es war ein stechender Schmerz, sodass ich wusste, nicht mehr lange hier drinnen ausharren zu können. Da öffnete sich plötzlich unüberhörbar die Klappe einer Tonne. „Komm endlich da raus", nuschelte es bedrückt in meine Richtung. Ohne Frage war Schmidt wieder aus seinem Loch gekrochen. Ich stieg mit einem Satz nach oben und schnappte nach frischer Luft. Meine Augen, geblendet vom Tageslicht, kamen wieder zu sich. Viel war von dem Kumpel, den ich so schätzte, nicht mehr zu erkennen. Zerplatzte Eierschalen und geleeartige Pasten kennzeichneten sein Gesicht. Eine rote Masse, von der ich gar nicht wissen wollte, was sie wirklich war, bedeckte seinen vorher weißen Pullover. Er war sichtlich bedient, doch machte keinen großen Hehl daraus. „Wir müssen schleunigst hier weg und die anderen suchen", lenkte er schnell von seinem Anblick ab. „Aber was ist, wenn ...", als er mich auf halber Strecke unterbrach. „Daran will ich nicht mal denken. Wir werden sicher nicht die Einzigen gewesen sein, die heute Morgen noch unterwegs waren. Die werden das schon geschafft haben. Haben die bis jetzt doch immer." Wir begannen vorsichtig, von einer Straßenseite auf die andere zu eilen. Wie aus dem Nichts stach mir ein grelles Blitzlicht in die Augen. Beim zweiten Mal Hinschauen machte ich das Fenster einer

9

verlassenen Garage aus. Schmidt, welcher das markante Leuchten wenig später ebenfalls mitbekam, joggte an mir vorbei und brach in diese Richtung auf. Wenig später erreichten wir ein braunes Holztor. Der Weg nach innen war versperrt. Ich fackelte nicht lange und klopfte mit der geballten Faust zweimal fest an. Schmidt war merklich von dieser Überlegung überrascht und nicht gerade überzeugt. Gebannt starrten wir auf die verrostete Türklinke, bis sie sich mit einem Quietschton öffnete. Wiz' verdrecktes Antlitz ragte hervor. Ich kannte ihn noch nicht wirklich lange, doch ein bekanntes Gesicht zu sehen, war in diesem Moment Gold wert. „Macht euch hier rein, ihr Wahnsinnigen. Ich dachte schon, ihr seht mein Handylicht nie", lachte er uns mit seinen gelblichen Zähnen an. Er stieß die Tür einen Spalt weiter auf und deutete auf eine kleine Couch im Hintergrund des abgedunkelten Raumes. Ich erblickte sofort die Gestalten, die sich da hinten tummelten. Es waren Rich, die Zwillinge und Rocky, welcher immer noch blutüberströmt vorzufinden war. Ich atmete tief durch: „Die Bullen haben niemanden bekommen. Und du brauchst das doch sowieso." Rocky streckte mir seine Faust entgegen: „Solltest die Cops mal sehen. Die würden sich nach so einer mickrigen Wunde sehnen. Die waren aber einer mehr, da mussten wir die Biege machen. Schade eigentlich. Hätte gerne noch die Telefonnummern ausgetauscht." „Dafür werden wir schon noch eine Gelegenheit bekommen", kicherte Wiz. Im Gleichschritt stimmten die Zwillinge mit ihrem Gelächter ein. Schmidt unterbrach daraufhin mit ernster Stimme die aufgeheiterte Verfassung: „Wir müssen uns hier ganz schnell vom Acker machen. Die werden jeden Block einzeln auseinandernehmen, wenn die rauskriegen, dass sie die Falschen haben." Alle wussten, wie recht er hatte. Ohne irgendetwas groß zu bereden, machten wir uns auf zur Straße. Ich schaute mich in alle möglichen Himmelsrichtungen um. Nichts Gefährliches in Sicht. Es war schon fast zu ruhig für diesen Ort. Wahrscheinlich waren die Polizisten mit ihrer bedauernswerten Beute beschäftigt. Die armen Leute würden wohl das abbekommen, was eigentlich uns zustand. Doch für großes Mitleid blieb wie immer keine Zeit. Ein letzter Blick nach rechts und links. Die anderen standen schon in den Startlöchern, als Schmidt wortlos das Zeichen zum Aufbruch gab. Einzig und allein meine heisere Stimme gab allen noch mit auf den Weg: „Heute Abend wie immer Clubraum, ihr Schwachköpfe."

11

KAPITEL 2 - □
WER NICHT HÖREN WILL ...

Das überlaute Ringen der Schulklingel weckt mich auf. Die Bank, auf welche ich meinen Kopf gelegt habe, gibt eher kein gutes Kissen ab. Völlig zerknirscht setze ich mich auf und sehe, wie die 33 L e u t e m e i n e r K l a s s e i h r e S a c h e n zusammenpacken. Ich suche sofort den Blickkontakt mit den Jungs. Rocky, den die Klingel ebenfalls weckte, schaut gefühlt noch durch mich hindurch. Die Zwillinge zwei Bankreihen weiter hinten beginnen sich ihre Zigaretten zu drehen. Sie sehen dabei immer wie zwei Meter große Affen aus. Das ist auch generell das Einzige, was ich wirklich über sie weiß. Nachdem sie sich die fertigen Glimmstängel in den Mund gesteckt haben, trotten sie los. „Auf, du Penner, wir gehen noch eine rauchen, dann ab zur letzten Stunde für die Woche", sagt einer von beiden zu mir, wobei mir nicht einmal wirklich klar wird, welcher von den zweien es ist. Ich stammele noch halb im Tiefschlaf: „Kein Bock jetzt. Ich mach mich gleich hoch in den Bunker."

Die beiden rücken ohne ein Wort ab. Nach ein paar Sekunden der Besinnung wache ich langsam, aber sicher auf und blicke erneut hinüber zu Rocky. Er liegt natürlich wieder auf der durchlöcherten Bank und schläft einfach wieder ein. Das macht er immer so. Egal, ob wir uns in den ersten oder letzten Stunden befinden. Es erklärt, warum in der Nacht immer sein größter Bewegungsdrang zu verzeichnen ist. Den kurzgeschorenen, mittelgroßen Jungen kenne ich schon mein halbes Leben lang. Er kam damals in der vierten Klasse zu uns. Wir verstanden uns auf Anhieb, da er die gleiche gleichgültige Art an den Tag legte. Sein großes Markenzeichen war jedoch der Kampfsport. Egal, welche Richtung, ob legal oder nicht, er liebte alles, wo man sich körperlich wehren konnte. Nur so konnte er seinem Unmut über das ganze System Luft machen. Es kümmerte ihn auch stets keinen Deut, wie groß oder überlegen seine Gegner waren. Nie gab es zwei Optionen.

Nachdem sich alle anderen aus dem tristen Klassenraum verabschiedet haben, stehe ich mit einem Ruck auf und schleiche Rocky entgegen. Er sägt mal wieder einen halben Wald Holz. Sein Schnarchen verrät ihn ohnehin jedes Mal. Mir kommt die Idee, so leise und nah wie möglich an sein linkes Ohr heranzukommen. „Aufstehen, Herr Richter, Sie sind umzingelt", rufe ich mit verstellter Stimme. So als würden mehrere Polizisten gleichzeitig auf ihn zielen. Sichtlich erschrocken und genervt schnellt er auf. „Bist du eigentlich komplett durch, du Vollpfosten? Hätte dir fast eine gedrückt", nuschelt es aus seinem heraufgezogenen Zipper. „Ruhig, Prinzessin. Hab dich so sanft geweckt, wie ich nur konnte. Los, wir müssen zu unserem Liebling von Lehrer. Dann ist Wochenende." Mit hochgezogenen Augenbrauen schnappt er sich seinen braun-gelben Rucksack und läuft mir nach. Der Flur ist totenstill. Wir gehen schnurstracks den langen Gang entlang und zwei Treppen später stehen wir vor Raum 005. „Dreck, wir sind schon wieder zu spät", lacht sich Rocky ins Fäustchen. „Herr Fimmler wird sich schon seine schwieligen Hände reiben, wenn der es mal schafft richtig durchzuzählen", halte ich bereit. Daraufhin trifft mein Handknöchel zwei Mal auf die voll bemalte Holztür. Ein behäbiges Schlurfen ist zu hören. Das sind die widerlichen Hauspantoffeln unseres Lehrers in Pädagogik. Herr Fimmler muss so um die fünfzig sein. Er hat dürftiges braunes Haar, bis hin zu den Geheimratsecken gekämmt. Sein ständiger Achselschweiß und die wuchernde Brustbehaarung gehören noch zu seinen angenehmsten Marotten. Er ist ein großer Verfechter der Theorie, dass früher alles besser war. Vor allem auf uns, die

14

verkommene Jugend, wälzt er alle Missstände unserer Gesellschaft bedingungslos ab. Belehrungen gehören zu seinem Tagesgeschäft und er wird nie müde zu betonen, wie sehr wir doch der Bevölkerung auf der Tasche liegen.

Die Tür öffnet sich. Fimmler steht vor uns und lächelt in einer Art, wie man ihm gerne ins Gesicht spucken würde. „Kommt rein, ich hab schon auf euch gewartet", spricht aus seinem wulstigen Mund heraus. „Na, darauf möchte ich wetten. Ohne uns können Sie doch gar nicht beruhigt ins Wochenende gehen und Ihre Scheine zählen", provoziere ich gezielt. Er verzieht keine Miene. Noch genau zwei Sitzplätze in der ersten Reihe direkt vor dem Lehrertisch sind frei. Da, wo sich niemand freiwillig hinsetzt. Doch die eigentliche Besonderheit liegt darin, dass sie direkt neben unseren Aufpassern sind. Diesen Namen haben wir ihnen verspottenderweise gegeben. Es handelt sich dabei um zwei Polizisten, die sich in jedem unserer Schulräume befinden. Sie sind hochgradig bewaffnet und stets hinter einer schwarzen Maske versteckt, sodass sie wie leblose Marionetten wirken. Der Zweck dieser Zwei-Mann-Armeen ist schnell erzählt. Diese uniformierten Lakaien mit dem Knüppel im Anschlag dienen einzig und allein unserer Eindämmung. Kein Schüler darf seine Stimme oder gar seinen Finger ohne Aufforderung

15

des Lehrers erheben. Sind unsere Pädagogen dann einmal so liebenswert und lassen uns sprechen, darf nur mit Ja und Amen geantwortet werden. Entsprechen diese Rückäußerungen dann immer noch nicht ihren Erwartungen, wird ein Zeichen gegeben und die Person hinausgetragen. Jeder von uns kann sich vorstellen, was die Aufpasser dann mit diesen armen Gestalten unternehmen. Damals hat die Regierung der Reichen diese Maßnahme über jeden Kopf hinweg entschieden.

Uns ist nicht peinlich, dass alle starren, während wir Platz nehmen, da wir diese Blicke schon gewohnt sind. „So, ihr Ahnungslosen. Diese beiden Probleme hier sind also der Meinung, sich an keine Zeiten halten zu müssen. Wenn hier eh schon alles in Anarchie verfällt, bleiben wir heute allesamt zwanzig Minuten länger. Bedankt euch bei den beiden", lässt Herr Fimmler in die Klasse verlauten. Eine allgemeine Unruhe kommt auf. Viele richten ihren Hass gegen mich und Rocky und lassen keine Beschimpfung aus. Uns kratzt das so sehr wie Watte, da die anderen in der Klasse eher weniger zu Bezugspersonen gehören. Wir beginnen beide zu schmunzeln und lassen alles so über uns ergehen. Im Laufe der nächsten 45 Minuten hält Herr Fimmler wieder eine seiner gefürchteten Moralpredigten. Er redet daher, welch ein Musterschüler seine Person gewesen sei und dass wir ja alle sehen sollen, zu was man es bringen könne. Es ähnelt eher einem Vortrag über die perfekte Persönlichkeit als einer sinnvollen Unterrichtsstunde. So vergehen auch die zusätzlichen zwanzig Minuten.

„Endlich Wochenende", denke ich mir erleichtert. Bis die kratzige Lehrerstimme mich und Rocky aus den Träumereien reißt: „Nicht so schnell, ihr Nichtsnutze. Ihr wisst schon, dass ihr mit solchen Aktionen immer mehr Feinde für euch gewinnt. Davon solltet ihr ja sowieso schon genug haben. Eins sage ich euch. Ihr werdet hier verrotten und niemals ein sinnvolles Leben führen. Solche Jugendlichen wie euch habe ich schon zu oft hier sitzen gehabt. Die Straße wird bald euer letzter Zufluchtsort sein. Ich werde euch ab und zu mal einen Penny hinwerfen." Fimmlers Kopf beginnt röter als eine Fleischtomate zu werden. Ab diesem Zeitpunkt rücken die Aufpasser näher an uns heran. Ihre Knüppel haben sie schon zur Hälfte aus dem Gürtel gezogen. Ich versuche wie immer nicht auszurasten und kommentiere: „Seidelstraße 7. Müssen nicht auf Ihr Bald warten. Wir wohnen schon lange dort." Rocky, der durchaus Gefallen an der Diskussion gefunden hat, wirft ein: „Bringen Sie aber bisschen Sprit mit. Werden ja wohl noch genug daheim haben." Um keinen platzenden Kopf sehen zu müssen, packe ich ihn

17

an der Schulter und ziehe in Richtung Ausgang ab. „Fimmlers Mund steht morgen früh noch offen", lache ich meinen Freund an. Draußen vor der Tür warten schon die Zwillinge abmarschbereit auf uns. „Habt ihr ihm wieder ein schönes Wochenende gewünscht?", fragt einer von beiden gespannt. „Der Versager wird wieder schön von uns träumen."

Es ist ein lauwarmer Maifreitag. Der Heimweg unserer Vierergruppe gestaltet sich immer gleich. Die Zwillinge biegen nach 500 Metern Richtung westliche Blöcke ab. In dieser Zeit haben sie schon immer mindestens zwei Kippen verschlungen. Rocky wohnt einen Block hinter der Schule. Er geht aber trotzdem stets bis zur ersten Kreuzung mit, da zu Hause sowieso niemand auf ihn wartet. Nie wird viel auf dem Heimweg geredet, denn alle wissen, was später noch ansteht. „Wann sollen wir heute wieder da sein?", frage ich nur kurz in Richtung Zwillinge. Einer von beiden antwortet: „Um acht passt. Wie immer." Dann gehen wir auseinander.

Nach einer Viertelstunde habe ich den östlichsten Block unseres Bezirkes erreicht. Die Wände sehen von draußen aus, als würde hier täglich ein Feuer lodern. Auf keinem der Balkone steht auch nur eine Pflanze. Im Großen und Ganzen glaubt man nicht wirklich, hier wohnen zu können. Ich krame meinen Schlüssel aus der Hosentasche und stecke ihn in das kaum noch sichtbare Schloss. Die dritte Etage ist meine. Nach der geöffneten Haustür steht man sofort in meinem einzigen Zimmer. Es ist gleichzeitig Wohn-, Schlaf- und Essbereich. Nur noch ein mickriges Bad ergänzt die pompöse Einrichtung. Weder Küche noch Kühlschrank stehen zur Verfügung. Doch warum auch, bei den dürftigen Rationen, die uns die Reichen zubilligen. Vier Brote, zehn Flaschen Wasser und eine Schachtel Zigaretten pro Monat sind nun wirklich nicht das, was man als Wohlstand bezeichnen kann.

Einzig und allein eine Matratze und zwei Kartons mit Klamotten liegen auf dem Boden. „Bin eh viel zu selten hier, um es mir heimisch zu machen", schiebt sich durch meine Gedanken. Ich schmeiße meinen Turnbeutel in die Ecke und lasse mich auf die Matratze fallen. Alle Erinnerungen kreisen noch um das letzte Wochenende. Noch immer habe ich den Geruch der Bioabfälle in meiner Nase und noch immer fühle ich die Hand des Polizisten auf meinem Kopf. Was war das wieder für eine Aktion. Wir waren nicht einmal eine Stunde über der Grenze und schon ...

Drei Stunden später wache ich wieder auf. Schon

kurz vor acht, sagt die Dämmerung vor dem Fenster. Umgehend springe ich auf, sodass mir kurz schwarz vor den Augen wird. Mit diesem Gefühl stürze ich aus meiner Wohnung. Keine Minute darf nun mehr verstreichen. Es ist normalerweise noch hell draußen um diese Zeit, doch durch die gigantischen Fabriken im Süden des reichen Bezirkes wird ein solcher schwarzer Rauch ausgestoßen, dass der ganze Himmel bedeckt ist. Die ersten Jugendlichen stehen schon wieder auf den Straßen. Sie versuchen sich gegeneinander zu beweisen, wer der Stärkste ist. Aus alten Autoreifen werden Boxringe aufgebaut, worin später um Kippen gekämpft wird. Bis einer aufgibt oder aufgeben muss. Es ist das Einzige, was man am Wochenende hier mit sich anfangen kann. So ähnlich ist es mit der Schule, die man heutzutage nicht mehr aus irgendeiner Pflicht besuchen muss, doch was hat man vormittags hier schon Besseres zu tun.

Ich laufe lieber einen Umweg, einen Block weiter, um nicht in den Blickfang der Jungen zu geraten. „Ein Wunder, dass hier nicht alles in Chaos und Anarchie versinkt", denke ich einfach immer, wenn ich hier vorbeilaufe. Doch wer sollte schon jemandem etwas wegnehmen, wenn ja sowieso keiner etwas besitzt. Gewiss hätte man die paar Laibe Brot von den Jüngsten entwenden können.

Doch wenn man nun schon über fünf Jahre hinweg nur das Gleiche zu essen hat, ist es wirklich nicht mehr das, was man begehrt. Hier hat die psychische Gewalt der Reichen eindeutig ihren Zweck erfüllt. Sie wollen uns ruhigstellen. Nicht mehr und nicht weniger.

Mein Handy läutet aus meiner Hosentasche heraus. Es ist ein altes Nokia, welches ich noch aus meiner Zeit vor der Aufteilung besitze. Anrufen oder angerufen werden kann ich mit dieser Kaffeemühle aber schon lange nicht mehr. Einzig und allein klingelt immer ein eingestellter Wecker, den ich aufgrund fehlender Tasten nicht mehr ausschalten kann.

Zwei verlassene Hinterhöfe später überquere ich mit einem eingeübten Sprung einen verrosteten Drahtzaun. Dann bin ich endlich angekommen. Eine drei Meter hohe Stahltür steht mir gegenüber. Auf ihr ist mit rotem Graffiti eine dicke, verschnörkelte Neun gesprüht. Sie erinnert mich stets an die Anfänge unserer Gruppe, da sie das Erste war, was wir uns damals getraut haben. „Wenn wir wegen so etwas heute noch Panik schieben würden", denke ich mir und haue, so fest ich kann, an das Tor. Wenig später knarzt es so laut, dass es wohl selbst im Bezirk der Reichen zu hören ist. Die Tür kommt mir entgegen und Rich wird sichtbar, wie er sie mit beiden Händen von sich schiebt. „Bist wie immer der Letzte", bringt er mir entgegen und macht eine einladende Geste. Ich folge ihm und trete in unseren Clubraum ein.

Er ist unser eigentliches Zuhause. Wir leben hier nun schon seit über einem Jahr drin. Im Clubraum selbst befinden sich zwei Sofaecken, drei Rundtische, ein alter Kassettenspieler und ein in der Mitte hängender Boxsack. All diese Utensilien hatten wir damals, kurz vor der Regierungsübernahme der Reichen, vom Grobmüll hergeschleppt. Anders hätte es keine Erlaubnis mehr gefunden. Von den staubigen Holzdielen der Dachverkleidung hängen unzählige Spinnennetze herunter. Durch die fehlenden Fenster befinden wir uns stets in einer düsteren Atmosphäre. Um nicht völlig in Dunkelheit zu sitzen, haben wir einen alten Baustrahler mit Batterien aufgestellt.

Da sitzen sie wieder alle versammelt. „Grüßt euch, ihr Kaputten", kommt von mir zur Begrüßung, so wie immer. Ich lasse mich auf die beige, zerpflückte Couch fallen und richte meinen Blick auf die Tische. Dort stehen zwei kleine Kartons mit Sprühdosen und einem Baseballschläger. „Können wir dann langsam mal den Plan für nachher besprechen", wirft Schmidt aus seiner abgedunkelten Ecke ein. Er hat wie immer seinen grauen Jogginganzug an. Sowohl Hose als auch Jacke. „Für mich sieht das alles ganz klar aus", redet Rocky forsch in die Stimmung. „Wir gehen kurz nach Mitternacht über die Grenze, nehmen uns die erstbesten Villen vor und verschwinden wieder." „Du hast ja letztes Wochenende gesehen, was passiert, wenn wir da so ganz ohne Plan einmarschieren." Schmidt ist immer der Vorsichtigste und wohl auch Vernünftigste von uns. Kein Wunder, da er ja auch mit seinen 25 Jahren am ältesten ist. Für mich gibt er stets den großen Bruder und hat immer einen guten Rat auf Lager. Nie hätte ich den Tag erlebt, an dem der bärtige Hüne mit den blonden Haaren nicht für einen von uns sein letztes Hemd geben würde. Das Bemerkenswerteste an ihm ist aber, dass täglich Frau und Kind zu Hause auf Schmidt warten. Für diese beiden würde er sich den eigenen Kopf abbeißen. Das hat er mir mal wortwörtlich so gesagt.

„Das mit den brennenden Bullenkarren war ja aber auch eher so eine spontane Aktion", witzelt Rich. „Klar hat das die Typen ein bisschen eingeschüchtert und wir sind mit ordentlich Proviant nach Hause gekommen. Trotzdem hat nicht viel gefehlt und Rocky würde jetzt hier nicht mehr neben uns sitzen. Das muss mal langsam jedem von euch klar werden. Wir ziehen die

Dinger hier schon über ein Jahr durch und sind dabei noch nie unüberlegt zu den Reichen gewandert. Ich will niemanden von euch vor mir beerdigen müssen." Die Stimmung schlägt ins Ernste um. Immer wenn dies geschieht, sind alle kurz davor zu resignieren. Jeder beginnt dann über die ganzen unmenschlichen Lebensumstände zu reden und vergisst schnell, wofür wir eigentlich hier sind.

Mir bleibt dies nicht verborgen und ich versuche die Gemüter zu beruhigen: „Fahrt euch mal runter, Männer. Hab keine Lust die Zeit für so einen Kindergarten hier zu vergeuden. Lasst uns mal lieber die Fakten und Optionen sammeln." Wiz, der bis vor Kurzem noch im reichen Bezirk bei seinen Eltern gelebt hat, ist der beste Ansprechpartner für diese Sache: „Alles klar. Also, ich habe die ersten beleuchteten Straßen nach der Grenze überprüft. Es sollte kein Problem sein durch die Gassen zu kommen. Danach sollten wir uns allerdings aufteilen. Denn dann wird es kritisch. Der erste Teil der Stadt wimmelt nur so von Bullen und Aufpassern. Die werden nach letzter Woche nur auf uns warten. Wenn wir irgendwie da durchkommen, ist das Volkshaus dann aber nicht mehr weit." Ich gehe kurz in mich. So weit sind wir in den letzten Jahren noch nie in den Bezirk vorgedrungen und mir war klar, je weiter unsere Pläne nach innen reichen, desto mehr Überwachung wird es geben. Und ist einmal irgendein Gesicht von uns auf einer der tausend Kameras, wird es keine Stunde dauern, da werden die Aufpasser uns aufspüren. Es könnte wirklich jeder Fehler, den wir begehen, unser letzter sein. „Denen wäre es egal, ob wir was gemacht haben oder nicht. Die würden alles aus uns herausprügeln, bis nur noch Asche von uns übrig ist. Nur weil wir die Grenze überschritten haben", denke ich laut. Rocky macht sich auf zum Boxsack und folgt dem Gespräch nicht weiter. Ihm ist es gleich, wie risikobehaftet unsere neue Aktion wird. Hauptsache, er kann so viel Schaden wie möglich anrichten. „In Ordnung. Ich habe mir was überlegt", beginnt Schmidt zu analysieren. „Wir alle schleichen uns gemeinsam durch die ersten Gassen. Dann biegen ich und der Prolet am Boxsack hier westlich an der Hauptstraße ein und machen so viel Alarm, wie wir nur können. Die werden uns jagen wie die Hunde. Ihr schnappt euch die Baseballschläger und sprintet über die beleuchteten Straßen. Bis zum Volkshaus lasst ihr die Dosen noch stecken, damit niemand unsere Spur verfolgen kann. Seid ihr einmal dort, lasst alles brennen. Klar so weit?" Alle halten einen kurzen Moment inne. Niemandem gefällt wirklich, dass sich die Gruppe nach der Grenze aufteilt. So haben wir bis dato immer die größten Schwierigkeiten bekommen.

Der Erste, der sich was zu sagen traut, ist Rich: „Bis Mitternacht fällt uns jetzt sowieso nichts Besseres ein. Außerdem ist Schmidt eh wie einer von der Olsen-Gang, wenn es um das Pläneausdenken geht. Also schraubt die Musik auf, dass wir noch ein bisschen auf Touren kommen." Gesagt, getan. Einer der beiden Zwillinge klickt den Play-Button an der veralteten Musikbox. Unsere einzige Kassette ist eine von Wu-Tang Clan. Ihre Hip-Hop-Beats und aggressiven Texte begleiten uns vor jeder noch so waghalsigen Unternehmung. Ich habe schon immer fast das Gefühl, als würde es uns die Angst nehmen. Die Angst vor den tödlichen Konsequenzen. Schmidt hat wie immer für jeden zwei Flaschen Bier und einen kleinen Korn mitgebracht. Er hatte damals, kurz vor der Aufteilung in Jugend und Reich, bei einem Getränkecenter gearbeitet. In seiner letzten Spätschicht ließ er dann alle Türen offen stehen. So bugsierten wir in einer Nacht- und Nebelaktion alles Brauchbare in seine Wohnung.

„Das schärft die Sinne", behauptet er, als würde es ihm jemand abkaufen. Rocky prügelt nun schon seit mehreren Stunden ununterbrochen auf den Boxsack ein. Sein wöchentliches Ritual ist dies geworden. Um sich für die ganzen körperlichen Anstrengungen aufzuwärmen.

„Kurz vor um", lässt uns Rich wissen. „Alles klar, Leute, lasst uns keine Zeit verlieren. Setzt eure Masken auf, dann ziehen wir los", rufe ich auf und krame meine Gesichtsverkleidung aus der Jackentasche. Es ist eine dunkelblaue Socke, umfunktioniert zu einer Skelettmaske. Auf künstlerische Leistungen würden wir hier sicherlich keine Punkte kriegen, doch sie erfüllen ihren Zweck. Oben an der Stirn malten wir uns damals beim ersten Gebrauch alle eine dicke, rote Neun auf.

Ich schaue mich noch ein letztes Mal um, sehe, wie die Zwillinge Licht und Anlage ausschalten, und trete hinaus in die Nacht. Überall sind noch Lichter in den Blöcken der ganzen Teenager zu sehen. Für sie beginnt auch jetzt erst der eigentliche Tag. Viele von ihnen teilen unseren Hang zur Rebellion und versuchen sich nicht weniger, ihre Rechte aus dem Bezirk der Reichen zurückzuholen. Genau wie wir wuchsen diese armen Menschen ohne Eltern und geeignete Richtlinien auf. Sie suchen einfach nur nach warmen Mahlzeiten, die in unseren Regionen immer knapper werden. Ohne wirkliche böse Absicht wird über die Grenze gepilgert. Dennoch bekommen sie die gesamte

Breitseite der Gewaltbereitschaft zu spüren. Die meisten von ihnen sind noch halbe Kinder.

Wir haben noch ungefähr fünf Minuten Fußmarsch zu vollbringen, bis wir den Übergang erreichen. Die Kälte der Nacht lässt uns aber bei Weitem schneller laufen. „Alles klar, Leute. Wir sind da. Ihr wisst, was ihr zu tun habt. Ab jetzt klappt euren Brotschrank ran und redet nur, wenn ihr es auch wirklich müsst oder könnt. Die werden schon auf uns warten", hält Schmidt noch als letzte warme Worte für uns bereit. Ich mache ein, zwei vorsichtige Schritte, bis ich zum knallgelben Grenzschild gelange. „Bezirk der sozialen Bürger von Neuhausen. Zutritt für Jugendliche und weitere Unvernünftige ist strengstens untersagt. Jegliche Art von Kontakt wird mit den angemessenen Mitteln unterdrückt", steht geschrieben und ist für mich ständig wieder eine Farce an sich.

Rocky und Schmidt gehen vorneweg. Sie laufen ab jetzt nur noch gebückt und schauen sich alle zwei Schritte in jegliche Himmelsrichtungen um. Der Rest der Gruppe schließt sich schattenartig an. Die ersten Gassen des verhassten Bezirkes ähneln denen des unseren noch sehr. Sie sind nie wirklich beleuchtet und geben durch die ganzen verlassenen Backsteinhäuser optimale Schlupfwinkel für einen jeden ab. Es dauert nicht lange, da stehen wir am ersten und schwierigsten Knackpunkt unserer Mission. Die helle Hauptstraße schließt quer an die Schleichwege an. Wir haben keine andere Wahl, wenn wir ins Zentrum vorstoßen wollen. Rocky schaut als Erster um die Ecke. Sein folgender Gesichtsausdruck lässt unsere Anspannung auf ein neues Level steigen. Ihn macht nie wirklich irgendetwas fassungslos. Da muss es schon ganz starker Tobak sein. „Scheiße. Da stehen mindestens zwanzig von denen. Die haben irgendwelche Barrieren aufgebaut. Und das wenige, was ich auf der zweiten Hauptstraße gesehen hab, ist nicht viel besser. Das wimmelt da draußen nur so von Cops. Die scheinen echt vorbereitet", flüstert er uns entgegen. Am wenigsten geschockt zeigt sich Schmidt: „Gut. Dann haben wir wenigstens ihre Aufmerksamkeit. Wir ziehen das Ding jetzt so durch, wie wir es besprochen haben. Ich und Rocky sind schnell genug, und wenn es drauf ankommt, können wir uns wehren. Ihr müsst nur so schnell wie möglich in unsere entgegengesetzte Richtung rennen." Jeder von uns muss nun startklar sein, ob er es will oder nicht. Schmidt hebt die Faust, die uns signalisieren soll, dass er das Startzeichen gibt. Ein letztes Mal blickt er uns an. Dann lässt er die Faust fallen und verschwindet mit Rocky links um die

Ecke. Nicht einmal zehn Sekunden vergehen, da hören wir sie wüten. Abwertende Parolen sind der Inhalt ihrer Schimpftiraden. „Das ist unser Zeichen. Lauft mir so nah wie möglich nach und bleibt niemals stehen. Auf, auf", gebe ich als Zeichen. Daraufhin sprinte ich, ohne nach links zu schauen, los in die andere Richtung. Die grellen Lichter der Beleuchtungsanlagen nehmen mir für kurze Zeit die Sicht. Eineinhalb Straßen müssen wir so noch überstehen oder besser gesagt überleben. Nicht einmal ist es mir möglich den Blick nach hinten zu richten, doch die deutlich hörbaren Schritte machen Mut. Alle werden es schaffen. Nur in der Gruppe bleiben.

Wie durch ein Wunder geht kurz vor uns die letzte Lampe aus, sodass der Schutz der Dunkelheit uns unversehrt zwischen die ersten anliegenden Häuserreihen bringt. Direkt hinter mir kommen die Zwillinge ins Ziel. Einen kleinen Abstand später haben es dann auch Wiz und Rich geschafft. Ein riesiger Stein fällt allen vom Herz. Doch für eine Sentimentalität bleibt viel zu wenig Zeit. „Da hinten. Das etwas höhere Haus. Das ist das Volkshaus. Da müssten die ganzen hohen Tiere des Bezirkes gerade versammelt sein. Die besprechen da jeden Freitag ihren Regierungsquatsch", weiß Wiz aus seinen alten Zeiten.

Nun sind die Gefilde, in welchen wir uns befinden, durchaus sicherer. Nur die schwachen Scheinwerfer der Hauptstraßen geben nun noch die Lichtquellen. Bei den Reichen ist eine allgemeine Nachtruhe ab 24 Uhr ausgeschrieben. So ist es nur den Aufpassern gestattet, sich draußen um diese Zeit frei zu bewegen.

In Anbetracht dieser Tatsachen laufen wir etwas beruhigter zum Volkshaus. Ungewollt werden alle Bewegungen behäbiger, da uns die bisherigen Anstrengungen einiges an Kraft gekostet haben. Je besser wir durch die breiten Straßen kommen, desto stärker scheinen uns die Lichter aus den Doppelfenstern des einzig beleuchteten Gebäudes entgegnen. Noch geschätzte 200 Meter. Ich beginne zu überlegen, wie wir am besten an die Sache herangehen. Unser großer Vorteil ist, dass die ganzen Schnösel niemals erwarten, dass es einer über die Hauptstraßen schafft. „Ich würde sagen, jeder von uns nimmt sich ein Fenster vor und schlägt es ein. Das schafft erst einmal totales Chaos da drinnen. Gleichzeitig stellt sich einer vor die Tür und lässt niemanden da raus. Dann gehen wir rein und stellen diese dreckigen Verräter mal schön zur Rede." Alle anderen meiner vier Mitstreiter halten die Idee für erfolgversprechend. Wir ducken uns langsam ab, damit unsere Tarnung nicht bröckelt. Mit dieser Haltung wird bis unter die Fensterböden geschlichen. Rich nimmt derweil Stellung vor der zwei Meter breiten Holzeingangstür. Jeder hält seinen mitgebrachten Aluminiumschläger fest in der Hand. Ich zähle leise, dennoch deutlich hörbar bis drei. Die Zwillinge schnellen als Erste hoch, woraufhin meine Person folgt. Meine Schlagbewegung ist schon zur Hälfte ausgeführt, bis mir die Kinnlade runterklappt und mein Blut zu kochen beginnt. Was ich hinter den Glasscheiben sehe, lässt mein ganzes Gesicht gefrieren. Ein Raum voll mit bewaffneten Aufpassern. In der Mitte sitzt Rocky. Festgebunden an einen Stuhl. Der ganze Körper mit Blut bedeckt. Das Gesicht ist vor lauter blauen Flecken kaum noch zu erfassen. Neben ihm steht eine Delegation von Reichen. Sie schütteln sich die Hände mit mehreren Jugendlichen.

KAPITEL 3 - □
TRÄNEN DER VERGELTUNG

Ich finde mich auf dem Boden des Kopfsteinpflasters wieder. Es müssen mindestens fünf Minuten vergangen sein, seitdem ich einen Blick in das Volkshaus erlangen konnte. Fünf Minuten, in denen Rocky alleine da drinnen sitzt. In den Fängen seiner Peiniger. „Das kann doch nicht wahr sein. Wir müssen ihn da rausholen", spricht Wiz sichtlich geschockt. Ich bin derzeit noch keine große Hilfe, da mich dieses Horrorszenario von Kopf bis Fuß lähmt. Die Zwillinge teilen mein Schicksal und blicken hilflos in die Leere der Nacht hinaus. Rich rückt von der Tür ab. Er bekommt sofort mit, dass etwas nicht stimmt. „Was ist hier los, Leute?" Niemand traut sich wirklich zu antworten, bis einer der Zwillinge auf das Innenleben des Gebäudes deutet. Er riskiert einen vorsichtigen Blick. „Nein. Das glaub ich jetzt einfach nicht. Wir waren doch nicht mal eine Viertelstunde unterwegs", folgt uns Rich in die Bestürzung. So sitzen wir nun da. Fünf vorher so entschlossene junge Männer, getroffen von der puren Fassungslosigkeit. Alle wissen, welches Schicksal Rocky bevorsteht. Der Zorn auf all diese Leute, die ihm das antun werden, steigt ins Unermessliche. Vor allem den jugendlichen Verrätern gebührt diese Abneigung.

Ein mulmiges Bauchgefühl beginnt in mir aufzusteigen. Ich balle beide meiner Fäuste und bin nahe davor durchzudrehen. „Ich muss was unternehmen. Ich muss da rein. Ich muss Rocky da rausholen", schießt mir durch den Kopf. Kurz bevor mir die Hand Richtung Hauswand und Fensterscheibe ausrutscht, tippt mich etwas auf die Schulter. Völlig erschrocken drehe ich mich um und schaue Schmidt mitten ins Gesicht. Er ist völlig demoliert und von seiner Maske fehlt weit und breit jede Spur.

Ohne dass ich auch nur irgendeinen Ausdruck meiner Gefühlswelt preisgeben kann, nimmt er uns alle in die Verantwortung: „Ihr müsst hier sofort weg! Ohne Widerrede. Ich meins todernst. Lauft mir jetzt einfach nur nach." Die anderen, mindestens genauso entsetzt wie ich, wissen nicht, was sie sagen sollen. Allen fehlt die nötige Erklärung für diese prekäre Lage hier. Niemand von uns erkennt auch nur einen sinnvollen Zusammenhang der aneinandergereihten

Ereignisse. „Wir können hier nicht weg! Nicht ohne Rocky!", versucht Wiz die Hirngespinste zu erklären. Schmidt zeigt sich wenig offen für Gegenvorschläge: „Wir können nichts mehr für ihn tun. Kapiert ihr das nicht? Die haben Hackfleisch aus uns gemacht und wussten genau, was wir vorhatten. Es hat keine zwei Minuten gedauert, da waren wir gefangen. Mich haben sie nach ein paar Schlägen wieder gehen lassen, damit ich euch hiervon erzähle. Es läuft alles genau nach deren Plan. Die kontrollieren, wie sie wollen, und kennen alle Schwachstellen genauestens. Wahrscheinlich ist denen sogar klar, dass wir hier noch sitzen. Wenn wir da jetzt reingehen, sind wir alle tot."

Uns bleibt der Atem weg. Welch grausame Vorstellung. Die Reichen wussten von all unseren Vorhaben und wir sind voll ins offene Messer gerannt. Rocky ist nun der Preis, den wir für diese Fahrlässigkeit zahlen müssen. Nachdem mich Schmidt an beiden Armen packt und mir direkt in die leeren Augen schaut, wird mir klar, dass er recht haben muss. Er hat am eigenen Leibe erfahren, wie hoffnungslos unsere Unternehmung von Anfang an war. Ich blicke kurz zurück und nicke meinem Freund beim erneuten Umdrehen zu. „Das kann doch jetzt nicht euer Ernst sein! Rocky ist einer von uns! Er hätte niemals jemand im Stich gelassen!", hält Rich als selbstverständlich. Ich blicke zu Boden, denn ich weiß, wie wahr seine Aussage ist. Rocky wäre für jeden von uns durchs Feuer gegangen, und zwar bedingungslos. „Ich weiß. Doch wir haben keine Wahl. Wir folgen Schmidt, sonst hält uns Rocky da drinnen für umsonst den Weg frei", analysiere ich ernüchternd.

Wiz und die Zwillinge bewegen sich langsam von den Fenstern weg. Sie folgen Schmidt, welcher schon die ersten Schritte weg vom Haus gemacht hat. Ich schaue wieder zurück zu Rich. Er hat Tränen der Wut und Verzweiflung in den Augen. Dann läuft er ganz eng an mir vorbei. „Das werden die noch büßen. Und wenn es das Allerletzte ist, wofür ich jemals sorgen werde." Ein paar Minuten später erreichen wir erneut die Hauptstraßen. Nirgends ist etwas von Aufpassern oder sonstigen Hindernissen zu sehen. Nur eine Blutlache liegt etwa fünfzig Meter von uns entfernt. Ohne überflüssige Worte zu verlieren, streifen wir durch die dunklen Gassen. Ebenso wird die Grenze passiert. Bis hin zum Clubraum wird nicht gesprochen. Die Stadt ist verschwiegen, als würde man eigens für uns leise sein.

Schmidt öffnet das Tor. Wir fallen in die Sitze und merken, dass nichts mehr so ist, wie es vorher war. Nicht einmal drei Stunden ist es her, da saßen alle noch hier und haben Pläne geschmiedet. Pläne, die uns weiterhelfen sollten, die etwas bedeuten sollten. „Kann mir jetzt endlich mal einer sagen, was verdammt noch mal hier los ist?" Rich kann sich noch immer nicht beruhigen und unterstreicht das mit entsprechender Stimme. Ich schaue sofort zu Schmidt hinüber. Auf der Suche nach Antworten. Doch er zeigt sich wenig aufklärerisch: „Ich habe euch alles erzählt, was ich weiß. Wie die von unserem Vorhaben wussten und wer diese Jugendlichen da waren, kann ich mir auch nicht erklären." „Du musst doch irgendwas gehört haben, als sie dich und Rocky da vorgeführt haben. Ich will wissen, wer die waren, dann reite ich da ein und haue diese Köter zu Brei. Ich lasse Rocky da nicht einfach so verkümmern!" Schmidt starrt zur Decke. Ihm ist anzumerken, dass er psychisch am Boden ist. Ich versuche ihm ein wenig Last von den Schultern zu nehmen: „Lass jetzt gut sein, Rich. So bekommen wir ihn da gleich gar nicht raus. Die Schnösel wollen uns doch jetzt eh nur wieder zu sich holen. Die tun Rocky nichts an. Er ist ein viel zu wertvoller Lockvogel." „Was wollen die denn mit uns? Wir vegetieren doch hier mit den anderen Armen nur so vor uns hin. Die bräuchten uns doch nur immer weiter abwehren. Würden wir nicht ums Überleben kämpfen, wäre es nur eine Frage der Zeit und wir wären weg vom Fenster." „Tot nützen wir denen nichts mehr", kommt es aus

Schmidts Ecke. „Die wollen uns manipulieren. Von Kopf bis Fuß. Es soll eine Jugend nach deren Vorstellungen geformt werden. Eine, die alles bejaht und nichts hinterfragt. Wir sollen Sklaven werden, bis nach und nach unsere Generation hier im Bezirk von der Bildfläche verschwindet."

Ich beginne langsam die ersten Dinge nachzuvollziehen. Damals, kurz vor der Aufteilung, hätte man uns einfach alle wie die Viecher zusammentreiben und mit einem Schlag ausradieren können. Es hat mich von Beginn an gewundert, warum man uns immer so viel Lebensmittel bereitstellt, dass es gerade so zum Überleben reicht. Die meisten Opfer, die sich die Aufpasser schnappten, wurden zwar nach Strich und Faden vermöbelt, aber nur die wenigsten wirklich, bis nichts mehr von ihnen übrig war. Zu verzeichnende Todesfälle waren eher die Ausnahme. Diese sollten dann wohl als eine Art letzte Warnung für uns gelten. Sie wollten uns physisch brechen, um uns dann psychisch zu ihrem Eigentum zu machen.

„Von so etwas will ich gar nichts hören! Ich lasse mir von nichts und niemandem ins Gewissen reden! Wenn es sein muss, marschiere ich dort alleine ein!", redet sich Rich endgültig in Rage. „Jetzt nimm dich endlich mal zusammen! Wenn wir uns jetzt hier schon gegenseitig fertigmachen, haben die genau ihr Ziel erreicht. Nur das wollen sie erreichen. Nur deswegen haben die uns Rocky so präsentiert." Ich muss Rich erst meinen ernstesten Gesichtsausdruck zuwerfen, dass er sich endlich wieder fängt. „Wir müssen jetzt alle mal einen klaren Kopf bewahren und genau überlegen, was am meisten Sinn macht. Eins ist klar. So dürfen wir denen nicht noch mal ins Netz laufen. Es muss irgendwas Unerwartetes passieren."

Mir ist deutlich bewusst, in welch einer Zwickmühle wir uns befinden. Zum einen warten unsere Feinde nur so darauf, uns auseinanderzunehmen zu dürfen. Auf der zweiten Seite der Medaille steht unser Freund, den wir nicht einfach so aufgeben können. Wir sitzen alle stillschweigend da und ringen nach Vorschlägen. Niemand hat auch nur den Funken eines brauchbaren Einfalles.

„Lasst uns erst einmal pennen gehen. Heute bekommen wir eh nichts mehr auf die Kette, um diese uniformierten Ärsche hinters Licht zu führen", gibt Wiz schon fast auf, bevor es mir wie Schuppen von den Augen fällt. „Uniform", stottere ich leise vor mich hin. „Das ist es! Die Aufpasser haben in der Schule immer mindestens eine ihrer Uniformen zum Umziehen bereitliegen. Wir müssen da irgendwie rankommen. Dann verkleiden sich zwei von uns, gehen unbemerkt über die Grenze und holen Rocky da raus." Ich trage meine Idee mit solch einem Enthusiasmus vor, dass es mich schon selbst überrascht. Diese Überlegung könnte zwar Hand und Fuß haben, ist aber mindestens genauso bedrohlich. Geht da auch nur die kleinste Sache schief, haben die Reichen wieder zwei Opfer mehr. „Wir dürfen uns nicht nur so anziehen wie sie, wir müssen uns auch so verhalten", beginnt Schmidt als Erster auf meinen Einfall zu reagieren. Rich hat nur auf die ersten stichhaltigen Gedanken gewartet: „Ich gehe auf jeden Fall mit da rüber. Mir egal, was es kostet."

„Ich weiß, wo die Anzüge in der Schule liegen. Von mir aus kann es sofort losgehen", wirft Wiz ein. Nun liegt es an mir, die Pläne, die in meinem Kopf herumgeistern, zur Vollendung zu führen. „Ja, das klingt nicht verkehrt. Dann gehst du mit Schmidt und den Zwillingen da rein, ihr holt unser Zeug und kommt sofort wieder her. Ich und Rich gehen morgen, wenn es wieder hell ist, rüber. Da erwarten die uns am wenigsten." Schmidt ist offensichtlich erleichtert, dass er nicht erneut mit den Reichen in Kontakt treten muss. Er schließt sich bedingungslos an. Die vier jungen Männer verlassen nach und nach den Clubraum.

„Was glaubst du, was sie gerade mit Rocky da

drüben machen?", fragt mich Rich nach einer Weile der Ruhe. „Ich will lieber wissen, was sie nicht mit ihm machen." „Die werden ihn versuchen zu brechen. Da werden sich diese Feiglinge schön die Zähne ausbeißen. Rocky wird nur lachen können, wenn die mit ihrer Psychoscheiße da ankommen." Ich führe mir abermals die Bilder aus dem Volkshaus vor Augen. Von Lachen war in Rockys Gesicht ganz sicher nichts zu sehen. Er sah viel eher ängstlich aus und das musste bei diesem Rebell von Jungen schon etwas heißen.

„Wir werden uns zusammenreißen müssen da drüben. Gerade du Diva. Wenn denen auch nur ein was Merkwürdiges auffällt, fliegt unsere Tarnung sofort auf. Egal, was die sagen, wie abwertend die über uns reden, wir müssen cool bleiben. Am besten sagen wir einfach nur, dass wir die neuen Gefangenen observieren sollen. So als Schichtablösung. Dann binden wir Rocky frei und schleusen ihn da raus." „Ja, ja, ich hab schon verstanden. Gebe mir Mühe eine leblose Marionette zu sein."

Ein paar Stunden vergehen. Rich, welcher derweil eingenickt ist, wird von dem lauten Quietschen der Clubraumtür geweckt. Wiz tritt als Erster aus der Nacht hinein. „War gar nicht so leicht, wie ich dachte, an die Dinger zu kommen", bringt er uns erschöpft entgegen, mit zwei dicken Stiefeln in der Hand. Die beiden Overalls und Knüppel sowie die Masken tragen Schmidt und die Zwillinge auf dem Rücken. „Na dann probieren wir mal unser neues Faschingskostüm an", erwacht Rich aus seiner Lethargie. Gesagt, getan. Wir stopfen uns in die übergroßen Anziehsachen. Alles wirkt ein wenig künstlich und unglaubwürdig, doch das taten die Aufpasser ja auch bei jedem ihrer Auftritte. Der erste Schritt für Rockys Rettung ist also getan.

Die ersten Sonnenstrahlen scheinen in unsere Behausung. „Unser Zeichen", kommt mir in den Sinn und lässt mich aufstehen. Rich folgt meiner Bewegung. Wir verabschieden uns wortlos von den anderen, ziehen die Masken über den Kopf und laufen auf zur Grenze. Nur die wenigen Überreste der Nacht tummeln sich noch zwischen den Blöcken. Sie laufen wie ein aufgescheuchter Hühnerhaufen in alle verschiedenen Himmelsrichtungen, als sie mich und Rich in der Aufpasserkluft sehen. Wir schleichen unbemerkt über die Grenze bis hin zu den Gassen. Die meisten der Bewohner schlafen noch um diese Zeit, sodass wir uns um sie keine Sorgen machen müssen.

Nun stehen wir wieder am Tatort. Keine 24 Stunden ist es her und wir waren noch vollzählig an dieser Stelle. Ich flüstere Rich zu: „Du weißt, was wir zu tun haben. Wir dürfen das jetzt hier nicht verreißen. Für Rocky." Er nickt mir zu und ist bereit. Ohne großes Nachdenken mache ich die ersten Schritte auf die Hauptstraße. Eine Reihe von Aufpassern hat sich entlang des Weges formiert. Mir bleibt die Luft im Halse stecken. Ich fühle, wie mein Herz anfängt zu klopfen.

Die Maskierten werden auf uns aufmerksam, machen aber vorerst keine bedenklichen Anstalten. Diese Hürde haben wir wohl genommen. Ohne die bewaffneten Männer eines Blickes zu würdigen, schreiten wir fort in das Zentrum des Bezirkes. Die ersten Menschen sind nun in den pompösen Häusern zu erkennen. Ein paar weitere füllen die Straßen. Sie wirken auf mich überheblich und selbstverliebt.

Tausend verschiedene Gerüche reizen die Nase. Sie müssen von den übertriebenen Duftwassern der Bürger stammen. Die ersten Schilder kreuzen unseren Weg. Für mich und Rich ist es schwer, überhaupt einen Sinn in der Ortsbeschreibung zu finden. Viel zu viele Begriffe sind unbekannt oder schwer zu erraten für Leute, die aus dem ärmeren Bezirk stammen. Nur der Begriff „Anstalt" macht mich stutzig. Darunter zeigt ein neongelber Pfeil auf die nördliche Seite der Stadt. Ich schaue mich kurz nach meinem Freund um und steuere auf die riesigen vor uns liegenden Gebäude zu. Es ist ein Wunder, dass uns noch niemand auf dem Radar hat, da wir in der neuen, so gegensätzlichen Welt wirklich etwas unbeholfen wirken.

Nach einer Weile fällt uns ein Hochhaus mit Gitterfenstern auf. In einer Sekunde der Unachtsamkeit flüstere ich Rich zu: „Das muss es sein. Wenn Rocky hier irgendwo festsitzt, dann dort. Ich gehe vor und rede mit den Empfangsleuten." Wir nehmen die hohen Empfangsstufen der Steintreppe und stehen vor einer riesigen Stahltür. Weder Türgriff noch Schlüsselloch sind zu erkennen. Einzig und allein eine Schiebevorrichtung, welche nur von innen zu öffnen ist. Ich hole tief Luft. Jetzt beginnt der eigentliche Teil der Mission. Unsere Feinde müssen unbedingt davon überzeugt sein, dass wir welche von ihnen sind. Dieser Umstand ekelt mich zusehends an. Doch ich versuche für meinen Freund, die Fassade aufrechtzuerhalten.

Meine rechte Faust trifft zweimal auf das harte Tor. Zwei dumpfe Hiebe sind zu vernehmen, ehe sich die Schiebetür öffnet. „Ich bin ganz Ohr", kommt aus ihr zum Vorschein. Sei es eine Intuition oder schlichtweg die Angst, die aus mir spricht, kommt es wie aus einer Kanone geschossen:

„Mach die verdammte Tür auf. Der Boss schickt uns. Ich komme jetzt hier nicht einmal quer durch den Bezirk gelaufen, um mich mit euch Empfangsdamen auseinandersetzen zu müssen." Ein Moment der Stille folgt. Ich höre, wie Rich zu schnaufen beginnt. Er ist genauso geschockt und kann ebenso wenig fassen, was da aus meinem Mund kam. Die Stahltür kommt in Bewegung. Sie schließt sich mit einem Ruck nach innen auf. Aus ihr heraus laufen drei Aufpasser direkt auf uns zu. „Entschuldigt bitte. Wir konnten ja nicht ahnen, dass ihr jetzt schon zur Überprüfung kommt. Die Objekte stehen im obersten Stock bereit. So wie gewünscht", spricht der mittlere von drei Hünen mit gesenktem Haupt.

Unfassbar. Meine waghalsige Aktion hat tatsächlich gefruchtet. Ich werfe Rich einen Schulterblick zu. Auf mein Zeichen treten wir in das gigantische Haus ein. Eine große leer stehende Halle kommt uns entgegen. Ein paar Aufpasser sind in den Ecken und vor den Türen noch zu sehen. Die vorher schweißtreibende Angst hat durch meine List deutlich abgenommen. Ich schaue mich etwas orientierungslos um. Rich tippt mir auf den Rücken und deutet auf meine linke Seite. Ein hell schimmernder, silberner Lift ist zu sehen. Das ist unsere Fahrkarte nach oben. Ich drücke alle Knöpfe, die mir mit grün leuchtender

45

Untermalung entgegenscheinen, bis sich die Tür öffnet. Wir betreten den Fahrstuhl, und sobald sich die Pforte wieder schließt, atmen wir tief durch. „Verdammt, Mann, das war knapp. Bist du eigentlich wahnsinnig, denen so einzuheizen? Dachte schon, dass ich den Knüppel ziehen muss", ist Rich ungewollt erleichtert. „Weiß auch nicht, aus welchem Finger ich mir das gezogen habe. Aber egal jetzt. Wir müssen Rocky erst einmal finden. So wie sich das angehört hat, ist er nicht der einzige Gefangene da oben. Wir können nicht alle gleichzeitig da rauseskortieren." „Ja, leider wahr. Wir sagen einfach, er ist der Wertvollste und muss zu denen, die das Sagen haben." „Klingt nach einem Plan. Wir dürfen nur keine Zeit verlieren, wenn wir ihn haben. Irgendwann kreuzen die Typen hier auf, die wir vorgeben zu sein."

Ein lautes Klanggeräusch schiebt den Liftvorhang wieder auf. Wir werden von einem Mann in legerer Kleidung empfangen. Er winkt uns stumm hinter sich her. Entgegen unseren Vorstellungen sieht es weder nach Gefängnis noch nach einer Anstalt aus. Die breiten Gänge, mit einem warmen Rot gestrichen, sind eher einladend. Ein Fenster folgt auf das andere und die Fußböden fühlen sich beheizt an.

„Hier entlang, meine Herren", erklärt sich die

merkwürdige Person. Ich folge seiner Aussage und komme in einen Raum, wie ich ihn so noch nicht gesehen habe. Der Duft nach Vanille ist unverkennbar. Ein heller Flusenteppich ebnet einen Boden, der mindestens so groß ist wie unser gesamter Clubraum. In jeder Ecke steht eine hochgewachsene, grüne Pflanze. Vor mir steht ein Bett, in welchem wohl Platz für vier Leute wäre. Rich ist ebenso fassungslos. Er berührt die hoch aufgeschlagene Bettdecke, als wäre es echtes Gold. Ihm fällt ein Tisch mit zahllosen beschrifteten Zetteln auf. „Das sind die ersten Ergebnisse unserer Projekte." Ein zweiter Mann kommt zum Vorschein. Er steht im Anzug und mit gelegtem Haar hinter uns. „Es ist ganz bemerkenswert, wie gut die Testpersonen auf unsere Projekte reagieren. Zweifelsohne ein wahrhaftiger Fortschritt im Hinblick auf die große Säuberung." Ich stehe, ohne auch nur ein Wort verstanden zu haben, im Raum. „Was meint dieser geschmierte Typ mit Säuberung", beginnt durch meine Gedanken zu kreisen. Mir fehlt jeglicher Zusammenhang. Dennoch darf ich unser Ziel nicht aus den Augen verlieren. „Wo ist das neueste Ihrer Objekte? Nur deswegen sind wir hier", lasse ich mit verstellter Stimme verlauten. „Aber gewiss doch, gewiss. Kommen Sie. Ich zeige Ihnen die Eingewöhnungsstation." Wir gehen seinem

Vorschlag nach.

Entlang der Gänge sehen wir immer mehr von den luxuriösen Zimmern. Doch von Menschen, die diese bewohnen müssten, fehlt jede Spur. „Wenn die Herren mir bitte noch einen Augenblick ihrer Zeit widmen? Ich würde Ihnen gerne bei der Gelegenheit unseren Mitgliederraum zeigen." Ich nicke es ab. Mir fehlen derzeit noch die Worte, um mich ausdrücken zu können. Wenige Sekunden später höre ich die ersten Laute aus einem der Zimmer. Immer deutlicher kommen mehrere verschiedene Stimmen zum Vorschein. Je näher wir dem letzten Raum des Korridors kommen, desto verständlicher werden sie. „Hier wären wir. Unser Mitgliederraum ist der Aufenthaltsraum, den die Versuchspersonen tagsüber bewohnen. Sie sollen sich gezielt nur hier und in der Gruppe aufhalten, um zu lernen, wie man sich in ihr unter- und überordnet. Diese ganzen Leute kamen zu uns als Straßenköter. Wir machen sie zu brauchbaren Bewohnern unseres Bezirkes."

Ich wage einen Blick durch die lackierten Holztürrahmen. Was ich da sehe, löst in mir eine Schockstarre aus. Eine unüberschaubare Anzahl von Jugendlichen sitzt sich gegenüber. Sie spielen Karten oder reden einfach nur miteinander. In ihren Gesichtern ist nichts von Gefangenschaft oder Zwang zu erkennen. Eine Art Zufriedenheit macht sich dort breit. Ich kann meinen Augen kaum trauen, als ich im hinteren Bereich des Raumes eine abgegrenzte weitere Schar von jungen Menschen erkenne. Diese Anblicke lassen meine Hände taub werden. Es sind die Gestalten, die im Volkshaus Hand in Hand Geschäfte mit den Reichen machten. Ich muss mir so sehr auf die Lippe beißen, dass es schon fast anfängt zu bluten. „Reiß dich gefälligst zusammen!", hole ich mich innerlich auf den Boden der Tatsachen zurück.

„Nun gut. Wir haben genug gesehen. Zeigen Sie uns endlich, warum wir hier sind." Keinen Moment länger würden wir beide es hier aushalten, ohne durchzudrehen. Die beiden Männer bitten uns zurück auf den Gang und führen uns in das gegenüberliegende Zimmer. Ein großes Schild mit der Aufschrift „Besetzt" hängt an der Klinke. Der Krawattenträger winkt uns zu sich. „Bitte seien Sie etwas vorsichtig. Er ist noch keinen Tag bei uns und könnte aufgrund der großen Aufmerksamkeit noch etwas verstört sein." Ich lege meine schweißnassen Hände an die Tür und trete ein. Der Raum unterscheidet sich nicht wirklich von den anderen. Lediglich ein Tisch in der linken Ecke ist anders. An ihm sitzt eine zusammengekauerte Gestalt, in Hemd und Schlips gezwängt. Der dürre Junge schreibt, unbeeindruckt von unserem

Eintreten, quer auf ein Blatt Papier. Über seinem Kopf sind mehrere Kameras an die Wand montiert. Sie zeichnen alles auf, was um ihn geschieht.

Mir dröhnt der Kopf. Ich kann nicht klar denken, bis es hinter mir ruft: „Nummer neun. Heißen Sie unsere Besucher willkommen." Der Stuhl beginnt sich in unsere Richtung zu drehen. Ich kann keinen meiner Sinne mehr spüren. Rocky schaut mir mitten ins Gesicht. Seine Augen sind leer. An seiner linken Hand fehlen zwei Finger.

KAPITEL 4 - STUNDE NULL

Es kommt mir vor, als wäre es erst gestern gewesen. Rocky und ich hatten uns mal wieder unerlaubt aus dem Haus geschlichen. Wir lebten zu dieser Zeit noch bei unseren Zieheltern unter strengster Zucht und Beobachtung. So war die Nacht damals schon die einzige wirkliche Zuflucht, die wir hatten. Doch trieb uns keine Aufteilung oder Existenzangst in die Dunkelheit, sondern schlichtweg die Abenteuerlust. Brennende Papierkörbe, hier und dort eingeschlagene Fensterscheiben. Die ersten Kontakte mit der Polizei in Form von Geldstrafen und Sozialstunden. Stets die Konsequenzen im Hinterkopf, welche daheim zu tragen waren. Wir begannen die uns auferlegten Grenzen auszutesten und ernteten so schon unbewusst den Respekt der anderen Kleinkriminellen. Rocky blieb bei diesen ganzen Dingen stets auf dem Boden. Jeder war willkommen, der sich unserer Sache anschließen wollte. Keine Aufnahmerituale oder Bedingungen spielten eine Rolle. Er war nie scharf auf die Anerkennung anderer. Für ihn war einzig und allein das Aufbegehren gegen System und Zwang das, was zählte.

Ich merke, wie die Welt unter meinen Füßen langsam wieder Form annimmt. Minuten müssen vergangen sein, seit mir der Anblick meines Freundes bis ins Mark gegangen ist. Nichts ist mehr wiederzuerkennen von der Person, mit der ich einst auf Feldzug gegen die Reichen gegangen bin. „Guten Tag", kommt es aus seinen brüchigen Lippen. Wäre er bei Sinnen, würde er so niemals grüßen. „Können Sie uns einen Augenblick mit Nummer neun allein lassen? Wir würden uns gern persönlich von seinen Fortschritten überzeugen." „Aber selbstverständlich. Die Herren bekommen so viel Zeit, wie sie brauchen. Wir haben ihn gezähmt, also haben Sie keine Berührungsängste." Die beiden zwielichtigen Gestalten verlassen den Raum. Ich überlege unterdessen, wie ich meinen alten Weggefährten am besten erreiche. Sobald die Tür von außen klickt, reiße ich mir im Gleichschritt mit Rich die Maske vom Kopf. Rockys glasige Augen öffnen sich immer weiter. Sein leerer Gesichtsausdruck bleibt dabei unverändert. „Junge, wir sind es! Wir holen dich jetzt hier raus. Nach Hause. Weg von diesem dreckigen Bezirk", spricht Rich mit voller Zuversicht. Die erste und gleichzeitig erschreckendste Regung kommt in den Körper unseres Bruders. Er fängt an über das ganze Gesicht zu grinsen. Aber nicht in einer Art, die uns glücklich stimmen sollte. Uns empfängt ein hämisches, bösartiges Lachen, so wie ich es zuvor noch nie von meinem Bruder gesehen habe. „Sie haben mir gesagt, dass ihr kommt. Dass ihr mich holen wollt. Sie prophezeiten alles ganz genau so, wie es nun eintritt." Ich ringe wieder einmal nach Worten. Selbst die beste Tarnung scheint nicht gut genug, um die Reichen zu überlisten. „Dann ist es so. Deswegen sollten wir keine weitere Zeit vergehen lassen. Die anderen warten schon im Clubraum auf uns." „Beginnt ihr immer noch nicht zu verstehen? Für mich gibt es keinen anderen Bezirk mehr. Kein Zurück. Keinen Clubraum. Ich habe hier alles, was ich bei euch niemals bekommen konnte. Eine echte Wohnung. Essen, ohne dafür etwas tun zu müssen. Freunde, die auch ohne gefährliche Aktionen zu mir stehen. Das hier ist jetzt mein neues Zuhause." Diese Aussagen treffen mich so tief im Herzen, dass es schlimmer nicht sein könnte. Ich fühle mich wie mehrmals direkt ins Gesicht geboxt. Mein engster und treuester Gefährte verkennt uns. Er zieht die Reichen vor. All unsere Bündnisse, die wir über Jahre hinweg durch gemeinsame Aktionen und Taten aufgebaut haben, scheinen nun nichts mehr wert zu sein. Und noch viel schlimmer. Rocky verteidigt die Leute, die er stets bis aufs Letzte verflucht hat. Für ihn gab es keine Grenzen, keine Optionen, um den Reichen nicht eins auszuwischen. Dieser junge Rebell soll nun unter den Fittichen seiner einstigen Erzfeinde stehen. Ein unvorstellbares Szenario. Für solche Alpträume war einfach kein Platz in meinem Kopf.

Rich muss sich kurz an der Wand abstützen. Auch er war nicht auf diese Sätze vorbereitet. „Das hast du gerade nicht wirklich gesagt. Ich will, dass du das alles sofort zurücknimmst und jetzt endlich aufstehst und mitkommst!" Rockys unheimliches Lächeln wandelt sich langsam, aber sicher in einen überaus zornigen Blick um. Er wirft uns hasserfüllte Blicke zu, ohne auch nur einen Funken von Reue. „Ihr wollt mir einfach nicht glauben, oder? Niemand hält mich hier fest. Niemand zwingt mich zu irgendetwas. Ich sitze aus freien Stücken hier und könnte schon längst wieder im alten Bezirk sein, wenn das mein Wunsch wäre. Ihr seid die Unwissenden hier. Die, die es nicht wahrhaben wollen, was für ein armseliges Leben wir da drüben führen. Ich habe hier eine neue Chance bekommen, was aus mir zu machen." Rich gibt Rocky eine saftige Backpfeife. Beide müssen sich schütteln, um wieder auf Augenhöhe zu sein. „Was haben die nur mit dir gemacht? Du sprichst nur so, wie die es wollen, und auch nur, was die wollen. Die manipulieren dich, seitdem sie dich gefangen genommen haben. Und du checkst das einfach nicht. Alle, die das hier als ihr neues Zuhause bezeichnen, sind genau in die Falle der Reichen getappt. Was glaubst du, warum die euch solche Möglichkeiten hier bieten? Nur damit ihr uns als Jugend ablöst. Die wollen uns mit euch als Marionetten ersetzen!" „Ihr seid es, die die Marionetten sein werden. Und jetzt verschwindet endlich von hier, sonst rufe ich die Aufpasser." Ich muss Rich am Arm packen, dass er Rocky nicht den nächsten Schlag auf den Kopf verpasst. Mein ganzer Körper zittert noch immer. Mir wird langsam bewusst, dass wir unseren Freund hier nicht rausbekommen. Diese Tatsache lässt mich an allem zweifeln, woran ich vorher geglaubt habe. Dennoch müssen Rich und ich erst einmal weg von hier, sonst hätten die Schnösel zwei blinde Sklaven mehr.

„Rich, wir gehen. Die Zeit ist schon viel zu knapp." Derweil schreite ich, so nah ich kann, an Rocky heran. Seine Versuche, mich abzuweisen, erfahren von mir kein Nachgeben. „Eins, das schwöre ich dir. Ich hole dich hier weg. Weg von diesem Wahnsinn. Und wenn ich dich alleine auf dem Buckel durch tausende Aufpasser tragen muss. Du bist mein Bruder und ich werde dich hier nicht verkümmern lassen. Verlass dich drauf!"

Keine Reaktion kommt zurück. Ich setze meine Maske wieder auf und schreite mit Rich auf den Gang. Dort warten schon die zwei Reichen auf uns. Ohne sie eines Blickes zu würdigen, laufen wir in den Lift. Auf dem Weg nach unten herrscht Stille. Eine Stille des Entsetzens. Keiner von uns beiden versteht wirklich, was hier geschieht. Draußen im Bezirk der Reichen ist nun reges Treiben. Hunderte vornehm gekleidete Menschen tummeln sich auf den Straßen. Die meisten wirken sehr beschäftigt. Ein paar Weitere starren durch die großen Schaufenster der Geschäftsläden. Wir mischen uns unbeobachtet unter das Volk. Nicht lange dauert es, da überqueren wir wieder beide Hauptstraßen. Die Parole stehenden Aufpasser machen erneut keine Regung um unseretwillen. Die engeren Gassen passiert, ist der Weg nicht mehr weit bis zum Clubraum. Doch von Erleichterung oder Freude fehlt jede Spur. Unsere Mission scheiterte ein zweites Mal in kürzester Zeit. Und zwar fatal.

Die knarzende Stahltür öffnet sich. Schmidt blickt mich mit weit aufgerissenen Augen an. Dieser ahnt sofort, dass nichts so gelaufen ist, wie es sollte. Rich stürmt mit gesenktem Haupt zur Sofaecke. Er hat seit Rockys Worten keinen Ton mehr von sich gegeben. „Wir sind alle verloren", ist das Erste, was wieder aus seinem Mund kommt. Drinnen sind Wiz und die Zwillinge von ihren Sitzen aufgesprungen. Ihre Blicke wandern auf den Eingang. Wartend, dass noch jemand hereintritt. Vergebens.

„Was ist passiert? Wo ist Rocky geblieben?", traut sich Schmidt zu fragen. Ich ringe noch immer nach meiner Sprache. Es fällt mir unfassbar schwer, das Geschehene in richtige Sätze zu packen. „Setzt euch. Er wird nicht mehr kommen. Die Reichen haben ihn geschmiert. Er wollte freiwillig dort bleiben." Allgemeine Bestürzung tritt ein. Die Verwirrung ist deutlich in den Gesichtern unserer Freunde zu erkennen. Sie haben ebenso wenig mit so einer schockierenden Nachricht gerechnet, wie ich und Rich das taten. „Wie, die haben ihn geschmiert? Das kann doch nicht euer Ernst sein, dass er dort bleiben wollte. Ich versteh hier kein Wort mehr", drückt sich Wiz in seiner Schockstarre aus. „Wir können euch auch nicht mehr sagen, als wir gesehen haben. Die haben Rocky irgendwelche Dinge in den Kopf gesetzt, die er bis aufs Letzte verteidigt hat. Und er war beileibe nicht der Einzige dort. Da saßen locker noch hundert Weitere, die das gleiche Schicksal teilten." Je öfter ich diese Sachen vor mich daherrede, desto unwirklicher kommen sie mir vor. „Das können wir doch nicht einfach so auf uns sitzen lassen! Irgendwas müssen wir doch unternehmen können, um ihn da rauszuschleifen.

Und wenn er nicht mitkommen will, dann zwingen wir ihn halt dazu. Das haben die doch genauso gemacht." „Ich gehe, seitdem wir da raus sind, jeden noch so primitiven Plan in meinem Kopf durch. Es macht aber alles keinen Sinn, wenn er da freiwillig ist. Ohne fremde Hilfe bekommen wir ihn dort nicht mehr raus. Damit müssen wir uns langsam abfinden."

Eine bedenkliche Stille hat sich über den Clubraum gelegt. Man kann die arbeitenden Köpfe förmlich spüren. Jeder sucht nach dem fehlenden Puzzleteil, welches Rocky wieder von seinem eigentlichen Leben überzeugt. Doch keiner ist auf so etwas vorbereitet. Umso aussichtsloser scheint die Situation für uns zu werden. „Wie kann man jemandem seine Vergangenheit einleuchten, wenn dieser 24 Stunden am Tag durch Kameras und Psychospielchen an die Gegenwart gebunden wird", geistert mir immer wieder durch die Gedanken. Mein ganzer Körper beginnt langsam zu streiken. Die letzten Stunden haben tiefe Narben in mir hinterlassen. Als mir die Augen schwer werden, verfalle ich in einen Sekundenschlaf, bis es wie aus dem Nichts heftig gegen die Eingangstür schlägt.

Ich erschrecke mich so sehr, dass ich halb vom Sofa falle. Die anderen blicken sich gegenseitig fragend an. Den Standort des Clubraums kannten eigentlich nur wir. So gab es nur eine logische Erklärung für dieses Hämmern. Nur Rocky selbst weiß noch, wo wir uns tagtäglich aufhalten. In Richs Körper gelangt das erste Mal wieder ein Hauch von Reaktion. Er schnellt sofort auf und begibt sich zur Tür. Ohne einen Sinn für Vorsicht wird sie geöffnet. Hinter ihr steht ein von Kopf bis Fuß uniformierter Aufpasser. Nach einem kurzen Schreckmoment hebt Rich den Arm mit geballter Faust und geht aus dem Affekt auf den Eindringling los. Wenige Handgriffe später liegt unser Kumpel gefesselt im Polizeigriff auf dem Boden. Ich springe auf, um ihm zu helfen, bis sich der ungebetene Gast die Maske vom Kopf zieht und sein wahres Gesicht zeigt. „Haltet ein! Ich bin nicht hier, um euch auseinanderzunehmen. Genauso wenig bin ich euer Feind."

Der Mann, der mich und Rich nach dem Lift empfangen hat, steht vor uns. „Du und der Kleine hier müsstet mich noch kennen. Ich bin hier, um zu reden, und ihr solltet mich lieber anhören."

Ich spüre die Blicke aller auf mir. Dicke Fragezeichen stehen über ihren Köpfen. Die sich überschlagenden Ereignisse sind für sie nun kein bisschen mehr nachzuvollziehen. So gern würde ich ihnen die umfassende Auflösung zu allen

Unklarheiten geben. Doch auch für mich ist die Realität langsam nicht mehr von den Fiktionen zu unterscheiden.

„Ist schon gut. Er darf reinkommen", signalisiere ich den anderen und weiß dabei selber nicht, was ich da tue. Der geheimnisvolle Mann befreit Rich von seinen Fesseln. Dieser hat sich durch die erneute Verblüffung zwanghaft beruhigt. „Wie hast du uns hier gefunden? Den Ort kennt niemand sonst außer uns", rappelt er sich langsam wieder auf. „Ich wusste von Anfang an, wer ihr seid, und hab euch die reichen Typen vom Leib gehalten, während ihr mit eurem Freund geredet habt. Dann bin ich euch gefolgt, als ihr aus der Anstalt geflohen seid." Mir wird alles immer schleierhafter: „Doch aus welchem Grund? Du bist doch einer von denen und hättest uns wie die Tiere dort auflaufen lassen können." „Das ist genau der springende Punkt. Ich gehöre keiner Seite, keinem Bezirk an. Mir sind die sinnfreien Blutfehden, die ihr untereinander austragt, völlig egal." „So einen Quatsch hab ich ja noch nie gehört. Durch diese korrupte Gesellschaft ist jeder an irgendeine Seite gebunden. Oder was willst du uns erzählen, wofür du noch stehen willst?", beginnt sich Schmidt einzumischen. „Ich stehe für meine Familie und das müsstest ja gerade du am besten verstehen können." Im Gesicht meines Gefährten macht sich pure Entgeisterung breit. Er packt sein Gegenüber am Schlafittchen und wirft ihm einen angsterregenden Blick entgegen. „Woher willst du das wissen? Du kleiner Penner lügst uns doch hier die Taschen voll! Noch ein Wort über meine Familie und ich reiß dir den Schädel ab!" „Beruhige dich, Junge. Ich beobachte euch schon länger, als ihr glauben könnt. Vertraut mir, das mache ich um euretwillen. Ich kann dir helfen sie in eine bessere Gegend zu bringen. Zu meiner Frau und zu meiner Tochter. Da, wo sie auch eine Zukunft haben." „Du hast eine Minute. Wenn da nichts Sinnvolles bei rauskommt, prügel ich dich hier raus." Die beiden Streithähne entfernen sich wieder voneinander. Der ganze Raum ist gespannt auf die Erklärungen des Fremden. Früher hätten wir keinen von den Schnöseln auch nur zu einem Wort kommen lassen. Doch unsere aussichtslose Lage bringt es mit sich, außergewöhnliche Maßnahmen zu ergreifen.

„Nun gut. Mir ist schon bewusst, dass euch das alles nicht so ganz einleuchtet. Eins sollte euch nur schon klar sein. Euren Freund da drüben könnt ihr sofort aufgeben. Er ist gebrochen, und glaubt mir, die Reichen sorgen dafür, dass das auch so bleibt. Ihr solltet euch nur überlegen, inwieweit das so weitergehen soll. Ihr könnt andere in eurem Alter davor bewahren, eingesponnen zu werden. Ich habe mehr als genug Informationen, um euch die nächsten richtigen Schritte zu zeigen."

Ich werde das Gefühl einfach nicht los, dass mehr hinter der ganzen Gefangenensache um Rocky steckt. Dem Anschein nach soll sein Verschwinden die Schwäche unserer Gesellschaft ausdrücken. Durch die ganzen neuen Erkenntnisse und Kehrtwenden lässt mein Urteilsvermögen langsam zu wünschen übrig. „Was meinst du mit Schritte? Und warum bitte sollten wir uns für irgendwelche Jugendlichen einsetzen? Niemand hier kümmert sich auch nur einen feuchten Dreck um seinen Nebenmann." „Ihr solltet langsam mal über euren sturen, selbstzerstörerischen Schatten springen! Merkt ihr denn gar nicht, was hier um euch geschieht? Die wollen bei sich im Bezirk eine neue Jugend nach ihren Vorstellungen formen. So etwas wie euch wird es bald nicht mehr geben. Euer Zuhause hier wird nach und nach dem Erdboden gleichgemacht und dann durch die neuen seelenlosen Jungen und Mädchen wieder aufgebaut. Ihr habt ja wohl ganz genau gesehen, wie die Gesellschaft dort funktioniert. Die vertrauen blind der Regierung und würden alles unterschreiben, was die vorhaben. Solange die den Schutz gewähren, können alle Pläne seelenruhig in die Wege geleitet werden."

Langsam werden jedem von uns die Augen geöffnet. So weh mir das tut, beginne ich zu verstehen, dass es um mehr als nur um Rocky geht. Wir sind die einzig übrig gebliebene Bedrohung, die noch zwischen den Reichen und ihrer neuen, gehorsamen Welt steht. Und lange wird es nicht mehr dauern, da wird auch von uns nichts mehr übrig sein. „Woher wissen wir, dass wir dir trauen können, und welchen Erfolgsplan hast du denn bitte für uns parat?", gibt sich Schmidt noch immer misstrauisch. „Wisst ihr nicht. Doch ihr habt keine Wahl. Frage deine Freunde. Sie können dir sicher ganz genau schildern, wie viel Wahres in meiner Aussage steckt. Es gibt nur eine Möglichkeit, um eure Ausrottung zu verhindern. Ihr müsst jeden Einzelnen eures Bezirkes dazu mobilisieren, euch bei einem Angriff gegen die Reichen zu unterstützen." „Das ist doch Wahnsinn! Erstens schaffen wir es nie, dass sich uns überhaupt jemand anschließt. Und zweitens sind wir doch alle nur Kanonenfutter, wenn wir da so einmarschieren", winkt Wiz den Vorschlag ab. „So dumm das für euch jetzt klingt. Das ist der Sinn an diesem Plan. Es muss so viel Unruhe wie möglich im Bezirk entstehen. Als eine Art Präventivschlag der Ablenkung. Sie werden die ganze Stadt leer räumen lassen und alle Aufpasser zu euch schicken. Die werden dieses große Angebot, das wir ihnen bieten, einfach nicht ausschlagen können. Dafür ist ihr Machthunger viel zu stark. Gleichzeitig gebe ich vor, mit ein paar meiner Leute eine Handvoll gefasst zu haben, und schleuse euch so in die Führungsetage der Reichen ein." „Und nur mal davon ausgegangen, dass deine Idee auch nur einen Funken an Überzeugung findet. Was sollen wir denn bezwecken, wenn wir einmal da oben sind?" „Dann wird Feuer mit Feuer bekämpft. Ihr werdet euren ärgsten Feinden direkt gegenüberstehen. Es muss euch gelingen, für eine gewisse Zeit die Regie zu übernehmen. Seid ihr einmal in dieser Stellung, müsst ihr die psychische Labilität der gefangenen Jugendlichen ausnutzen. Sie müssen euch irgendwie glauben, dass ihr die neuen Vorgesetzten seid. So können wir aus deren gebrochenen Geistern unseren eigenen Vorteil ziehen. Dann greifen wir von innen heraus an. Wir nehmen Geiseln, wenn es sein muss, und zwingen die Aufpasser ihre Waffen niederzulegen. Glaubt mir, damit rechnen sie nicht. Geht der Plan auf, werden sie uns anhören müssen. Wir verlangen vor allen Leuten der Stadt ein Abkommen, das uns einen angemessenen Lebensstandard garantiert und euch die Möglichkeit gibt, eine Stadt fern von den Reichen selbst zu errichten. So werden keine Probleme mehr entstehen. Weder für euch noch für die."

Auf einen solchen Moment haben wir alle gewartet. Ich sehe in den Mienen meiner Freunde wieder einen Schuss von Hoffnung. Solche Aussagen haben uns schon immer in den richtigen Situationen das Gefühl von Stärke und Entschlossenheit gegeben. Egal, was unser geheimnisvoller Verbündeter noch für uns bereithält, wir wären dabei. Was bliebe uns auch anderes übrig.

„Ich und die Zwillinge werden versuchen, so viele Jugendliche auf die Straßen zu bekommen, wie es geht. Wir wohnen jetzt hier schon eine halbe Ewigkeit. Die meisten müssten uns noch von früher kennen", gibt sich Schmidt kämpferisch. Man merkt ihm deutlich an, wie wichtig die Sache geworden ist. Er will um alles in der Welt seiner Familie die totale Sicherheit gewähren.

So steht es also fest. Rich, Wiz und ich werden wieder in den Armen unserer Feinde landen. Diesmal muss es aber einfach zu unseren Gunsten ausgehen, denn wenn wir wieder versagen, gibt es keine erneute Chance, die wir ergreifen können. Von allen Jugendlichen, inklusive uns als Gruppe, wird nichts mehr übrig bleiben. Die Reichen werden uns binnen weniger Tage bekehrt haben. Wenn ihnen das nicht gelingt, löschen sie uns einfach aus. Es ist so oder so der letzte Grashalm, an dem wir uns nun festhalten können. Für eine freie Gesellschaft. Für eine freie Jugend. Für all unsere Brüder und Schwestern.

KAPITEL 5 - □
DER BLUTSCHWUR

Mehrere Tage sind nun vergangen. Tage, in denen so viel hier im Bezirk passiert ist wie wohl noch nie zuvor. Ein Hauch von Revolution liegt in der Luft. Lange war nun niemand mehr drüben bei den Reichen. Wir haben all unsere Aufmerksamkeit auf den einen Plan gelegt. Die Vorbereitungen laufen Stunde um Stunde auf Hochtouren. Schmidt und den Zwillingen ist es gelungen, eine beträchtliche Anzahl an Jungen für unsere Sache zu gewinnen. Viel Überzeugungsarbeit war nötig, dass uns das blinde Vertrauen und die mögliche Opferbereitschaft geschenkt wird. Doch die meisten von ihnen begriffen einfach mit der Zeit, wie beängstigend die Lage fortgeschritten ist. Sie waren so erzürnt von den Nachrichten um Rocky, dass sie Rache an dessen Peinigern versprachen und so unsere Grundmentalität teilten. Einige schlossen sich an mit der Meinung, so oder so schon verloren zu sein. Viele Unentschlossene jedoch haben nur auf einen solchen Funken gewartet. Sie hatten sich so viele Jahre einfach nicht getraut, einen ähnlichen Gedanken auch nur auszusprechen. Der Druck von außen war stets viel zu angsteinflößend. So versteckten sie sich in ihren Häusern mit der sehnsüchtigen Hoffnung auf Erlösung. Ein letzter Marsch, der endlich mal etwas auslöst, etwas bewegt und etwas hinterlässt. Sie alle wollen nun gemeinsam mit uns ein Exempel statuieren, das es so noch nicht gegeben hat.

Unser neu gewonnener Verbündeter und ich feilten indes an dem Vorgehen. Wir entwarfen einen Stadtplan, um den Aufstand zu umwandern. Unsere Unternehmung startet zeitversetzt zu den Unruhen. So werden die leer gefegten Straßen versichert. Einmal dort angekommen, nehmen wir direkten Kurs auf das Rathaus. Dieses liegt exakt gegenüber von der Anstalt, in der sich die Jungen und Mädchen befinden. Im Haus selbst tagen kurz vor Mitternacht alle stinkreichen Leute, die sich in einer Führungsrolle meinen. Die wenigen übrig gebliebenen Aufpasser wähnen sich in Sicherheit, wenn sie uns in Handschellen dort ankommen sehen. So sollte es kein Problem sein, sie in einer Überzahl zu überwältigen. Dann wird diesen eingebildeten Idioten ordentlich eingeheizt. Wir mischen die so lange auf, bis sie bereit sind unseren Forderungen nachzugeben. Mit ihrem erzwungenen Einverständnis marschieren wir dann auf die Grenze zu. Die Aufpasser werden dazu verpflichtet sein, Abstand von unseren Freunden zu nehmen, wenn sie sehen, wen wir da in der Mangel haben.

„Glaubst du, die werden sich an die Abmachungen halten, falls alles so klappt, wie wir uns das vorgestellt haben?", fragt mich Schmidt am Vortag der geplanten Massenerhebung. Wir beide haben uns vorerst ein letztes Mal im Clubraum getroffen. Wer weiß schon, wie die Sache morgen ausgeht und ob es uns überhaupt noch mal vergönnt ist, hier über alles zu reden.

„Sie werden es müssen. Das schreibt die Denkweise ihrer kopflosen Bürger so vor. Die gehorchen doch auf alles, was einmal irgendwo beschlossen oder niedergeschrieben ist. Selbst schuld." „Da könnte schon was dran sein. Dennoch wird es kein Kinderspiel, hier dann etwas Sinnvolles aufzubauen. Und vor allem etwas mit Bestand." „Darüber unterhalten wir uns, wenn es so weit ist. Jetzt brauchen wir erst einmal einen klaren Kopf für die nächsten Stunden. Meinst du, ihr schafft das gegen diese ganzen Marionetten?", frage ich Schmidt mit durchaus besorgtem Unterton. „Ich habe echt keine Ahnung. Wir sind zwar auch nicht gerade wenige, aber die werden alles auffahren, was sie besitzen. Da sieht es wohl eher schlecht aus. Die meisten treffen ja schließlich das erste Mal auf die Aufpasser außerhalb der Schulen. Trotzdem werde ich euch so viel Zeit verschaffen, wie ich kann." „Und du bist dir auch tausend Prozent sicher, dass du und die Zwillinge hier bleiben wollt? Wir könnten euch da drüben gut gebrauchen." „Es gibt jetzt kein Zurück mehr. Wir haben das hier eingeleitet. Und vor allem haben wir diese unschuldigen Jungen dazu überredet, sich wahrscheinlich in ihr Verderben zu stürzen. Ich werde sie, bis ich nicht mehr stehen kann, verteidigen. Das sind wir ihnen einfach schuldig." „Gut. Ich werde dir dann an der Grenze eine Schelle geben, falls du noch nicht genug blaue Flecke abbekommen hast." „Ich würde mich drüber freuen. Aber wir müssen mal realistisch bleiben. Die Chancen stehen wirklich nicht gerade gut, dass wir uns danach noch auf Augenhöhe begegnen. Ich will, dass du mir etwas schwörst. Bis auf deinen letzten Tropfen Blut."

Schmidts veränderte Körperhaltung zeigt mir, dass aller Spaß vorbei ist. Er schaut mir so tief in die Augen, wie er es nur ganz selten tut. Ich weiß ganz genau, egal, was er von mir verlangt, ich werde es schwören und jeden Tag als meinen Antrieb nehmen. „Du musst mir genau zwei Dinge versprechen. Vorher kann ich denen nicht beruhigt den Arsch aufreißen. Erstens wirst du in unserer neuen Gesellschaft dafür sorgen, dass nichts, aber auch gar nichts den Umständen von heute gleicht. Keine Korruption. Keine Zwänge oder Klassentrennungen. Jeder muss das Recht haben, ein freies und selbstbestimmtes Leben führen zu können." „Darauf kannst du dich verlassen. Ich werde mein letztes Hemd dafür geben, wenn es sein muss." „Was aber über allem steht. Was du wie dein eigen Fleisch und Blut schützen musst, falls ich nicht mehr bin, sind Janine und Marie. Egal, wie das hier läuft. Du musst mit diesem Typ ausmachen, dass er sein Wort hält und sie in eine sichere Gegend bringt. Nur du sollst dann noch von diesem Ort Bescheid wissen. Es darf ihnen an nichts fehlen. Sie haben schon zu lange in Angst um alles gelebt." Ich sehe Tränen im Antlitz meines Bruders. Sie lassen eine unheimliche Angst in mir aufleben. Nie hätte ich gedacht, ihn so irgendwann mal vor mir zu sehen. Er war immer der Starke, hat kaum Gefühle gezeigt oder an sich herangelassen. Doch nun erkenne ich, dass wir alle aus demselben Holz geschnitzt sind.

„Du wirst sie wiedersehen und kannst selbst dafür sorgen. Da bin ich mir ..." „Halt die Klappe! Versprich mir das jetzt auf der Stelle. Ich will nicht in Angst um sie da draußen kämpfen müssen.

Nichts anderes zählt mehr für mich." „Ich verspreche es. Sie werden nie wieder Furcht haben müssen." Schmidt lässt sich zurück in die Couch fallen. Wir sprechen nach unserem Schwur eine Zeit lang kein Wort miteinander. Zu groß sind die Bedenken vor den eintretenden Gefahren. Es treibt mir den Schweiß auf die Stirn, weitere meiner engsten Weggefährten morgen verlieren zu können. Zeitgleich merke ich, wie ein starkes Gefühl in meinem Körper zum Vorschein kommt. Ein Gefühl der Unbeugsamkeit, alles in meiner Macht Stehende zu tun, um gemeinsam mit meinen Freunden frei leben zu dürfen.

Wenige Stunden später steht alles bereit. Wir haben uns gemeinsam mit den Freiwilligen vor der Schule getroffen. Mich umgibt der Eindruck, dass es sogar noch mal ein paar mehr geworden sind, die unserem Feldzug angehören wollen. Die Hoffnung in mir beginnt zu steigen, wird aber schnell von den Gedanken an die kommenden Begegnungen wieder eingebremst. Schmidt und die Zwillinge haben einen Großteil von ihnen mit dicken Holzknüppeln ausgerüstet. Viele haben sich außerdem mit selbst gebautem Gesichtsschutz aus Holz ausgestattet und sind mit großen Steinen bewaffnet. In ihren Gesichtern ist viel Trauer und Zerfahrenheit zu erkennen. Kein Wunder. Die ständige Verfolgung und Unterdrückung hat ihnen alles genommen, was man als eine angemessene Jugend bezeichnen kann. Ein kleinerer Junge fällt mir besonders in die Augen. Er ist kurzgeschoren und hält, seitdem wir hier sind, beide Fäuste geballt. Seine Körperhaltung lässt mich an so etwas wie Stärke und Entschlossenheit glauben. Dabei ist er mindestens noch fünf Jahre jünger als ich.

„Wie heißt du, mein Freund?", stelle ich mich hinter seine Schultern. „Mein Name ist Ron. Wann geht das hier endlich los? Kann mir nicht ewig die Hände warm halten." „Wir ziehen gleich los, Ron. Du weißt, was dich da draußen erwarten wird?" „Ist mir völlig egal. Ich lebe, seit ich denken kann, in diesem Gefängnis hier. Wenn wir noch länger so eingepfercht bleiben, drehe ich noch durch. Ich will endlich mal ein bisschen Alarm machen, dass ich weiß, nicht für umsonst hier gewesen zu sein." Ich lege meine Hand auf die Schultern meines Freundes. Gern würde ich ihm aufmunternde Worte zuschmeißen, doch er hat es nicht verdient, irgendetwas vorgespielt zu kommen. „Du erinnerst mich an jemanden, kleiner Krieger. An einen guten Freund, der auch stets darauf aus war, unsere Ketten hier zu sprengen. Da hätte der Gegner in einer noch so großen Überlegenheit vor uns stehen können." „Was ist aus ihm geworden?" „Er hat alles für die eine Sache aufgeben müssen. Doch egal, wo er jetzt ist, in welchem Zustand er sich befindet. Er wird für immer ein Teil dieser Bewegung hier sein. Deswegen werde ich alles geben, um das hier zu beenden. Für ihn. Für dich und für uns alle."

Im Augenwinkel sehe ich, wie vier Aufpasser auf uns zukommen. Das ist unser Zeichen. Wiz und Rich halten sich schon an der Straße bereit. Ein letztes Mal drehe ich mich zu Schmidt und den Zwillingen um. Alle drei halten eine Dose mit schwarzer Farbe in der Hand. „Sie alle werden unser Zeichen tragen. Damit die da drüben sehen, dass wir hier als Einheit stehen", schauen sie mich entschieden an und malen sich gegenseitig eine verschnörkelte Neun auf die Stirn. Worte sind nun genug gesprochen. Ich gebe jedem von ihnen einen letzten Blick und laufe auf die Straße zu.

„Wir biegen hier vorne rechts ab und warten an der Grenze, bis die Hauptstraße gefüllt ist. Dann nehmen wir die östlichsten Gassen. So sollten wir uns genau an der Spitze der Unruhe vorbeischleichen können", empfängt mich einer der Aufpasser. „Alles klar. Dann mal los."

Wir begeben uns durch die Blöcke unserer Heimat. Alles ist totenstill. Die Häuser und Plätze sind wie leer gefegt. Nur ein paar Einzelne, die sich nicht angeschlossen haben, begutachten das Geschehen.

Es ist ihnen nicht zu verübeln. Wenig später kommen wir an meinem Eingang vorbei. Erinnerungen an die Anfänge hier schweifen an mir vorbei und lassen meinen Willen umso stärker werden. Wir haben uns alles selbst aufgebaut. Keine Hilfe oder Unterstützung von außen hat uns zu dem gemacht, was wir heute sind. Darauf bin ich stolz. Die Reichen wollten uns hier von Tag eins an verkümmern lassen. Sie hielten uns für schwach, blind und kopflos. Jetzt werden sie sehen, zu was uns diese Annahmen gemacht haben.

„Da vorne werden wir warten. Nur ein Weg führt von hier über die Hauptstraße. Den werden nur wenige Männer besetzt haben. Wir werden euch die Handschellen anlegen. Ab da dürft ihr kein Wort mehr verlieren. Weder zu uns noch untereinander", werden wir unterwiesen.

Dann vergehen endlos wirkende Minuten. Wir warten auf den ersten großen Knall weiter westlich von uns. Sosehr ich möchte, dass dieser Moment niemals eintritt, so sehr weiß ich, wie notwendig er für unser Überleben ist. „Schmidt und seine Leute werden wissen, was sie da machen. Ich habe ein gutes Gefühl. Keiner von denen da drüben wird erwarten, dass wir den gesamten Bezirk vereint haben", spricht mir Wiz Mut zu. Im selben

Moment gibt es einen ohrenbetäubenden Laut. Mehrere Fensterscheiben scheinen zu zerbrechen. Einige Schlachtrufe sind zu vernehmen. Der Angriff beginnt.

„Los geht's", weckt uns einer der Aufpasser und legt uns die Handschellen an. So stapfen wir in einer Kolonne durch die verdreckten Gassen bis hin zur Hauptstraße. Sobald wir zu sehen sind, stellen sich uns vier Aufpasser in den Weg. „Habt ihr nicht mitbekommen, was da drüben los ist? Wir werden von hunderten Jugendlichen mit einem Mal angegriffen. Die hier haben wir kurz vorher gestellt. Seht zu, dass ihr da rüberkommt und das unterbindet", befiehlt unser uniformierter Freund den Ahnungslosen. Aus ihrer Riege kommt ein kurzes, gehorsames Nicken.

Der Weg ist frei. Immer wieder höre ich Schreie und dumpfe Schläge. Der Versuch sie zu ignorieren gelingt mir eher mäßig. Sie verschwinden, je tiefer wir in die Stadt eindringen. Der Plan geht bis hierhin auf. Die Straßen sind wie ausgestorben. Keiner der feigen Bürger traut sich mehr vor die Tür. Einige Soldaten rennen schnurstracks in Richtung Rebellion an uns vorbei. Sie nehmen uns zwar wahr, hegen aber keinen weiteren ernsthaften Verdacht. Ich erkenne von Weitem die hohe Spitze der Anstalt. Links davon ragt ein mindestens genauso hohes Gebäude in die Luft. Dort müssen unsere Zielpersonen irgendwo sitzen. Meine Vorleute werden schneller. Jedem wird bewusst, dass die Zeit gegen uns zu arbeiten beginnt. Wir dürfen nicht eine Minute ungeachtet vergehen lassen. Nur so haben unsere Freunde den Hauch einer Chance.

Vor dem Anwesen des Rathauses tummeln sich wohl die letzten verbliebenen Gefolgsleute der Reichen. Dass sie stärker bewaffnet sind als die gewöhnlichen Frontkämpfer, ist nicht von der Hand zu weisen. Doch das zeigt mir auch gleichzeitig, wie nah wir uns am Ziel befinden.

Einer der Waffenträger macht einen Schritt auf uns zu: „Was wollt ihr hier? Die Gefangenen kommen rüber in die Anstalt." „Das sind keine gewöhnlichen Gefangenen. Sie sind der Auslöser für die Unruhen an der Grenze. Des Weiteren haben sie bedeutende Informationen, die unsere Vorgesetzten ganz sicher interessieren. Also, wie lange sollen wir jetzt noch hier sinnlos rumstehen?", ist die Antwort unseres Kameraden. „Na schön. Ich werde euch nach oben begleiten. Hier entlang."

Mein Herz fängt an immer stärker zu schlagen. Dass der Mann uns begleitet, ist wahrlich kein gutes Zeichen. Er wittert mit ziemlich hoher

Wahrscheinlichkeit einen Haken an unserer Sache. Ich verschwende dennoch kaum einen Gedanken an die bevorstehenden Handgreiflichkeiten. Wichtiger sind jetzt die Überlegungen um unsere zeitweilige Machtablösung. Die Forderungen nach einem neuen Zuhause und einer Immunität stehen. Doch die Reichen werden von ihren eigenen Vorstellungen nicht so leicht abrücken. Sie werden ganz sicher versuchen, uns zu kaufen und hinters Licht zu führen.

Wir durchqueren einen langen Korridor bis zum Westflügel des Hauses. Mit Gold verzierte Steinsäulen kreuzen unseren Weg. Man kommt sich vor, als wäre man in einem Schloss gefangen. Alles sieht hier zehnmal prunkvoller aus als jede andere Unterkunft im Bezirk. Am Ende des Ganges wartet ein riesiger Lift auf uns, in welchem wohl Platz für mehrere Großfamilien wäre.

„Wo habt ihr diese kleinen Hunde denn aufgetrieben?", fragt uns die uniformierte Gestalt, als er den Knopf des Aufzuges betätigt. „Sie wollten gerade an der Hauptstraße für Unruhe sorgen, da haben wir sie überwältigt. Sollte wohl als eine Art Ablenkung gelten", antwortet einer unserer Leute.

Auf dem Weg nach oben herrscht eine eisige Kälte in mir. Ich spüre, wie mich die Anspannung immer mehr umfasst. Ein falscher Handgriff kann uns jetzt alle in den Abgrund stoßen. Ehe ich mir noch weitere Gedanken dieser Art machen kann, klingelt es an der Lifttür. Wir stehen in einer riesigen Festhalle. Ein pompöser Springbrunnen findet sich inmitten von zahllosen Palmen am Ende des Raumes wieder. Einen solchen Anblick hätte ich mir nie zu träumen gewagt. Das Wasser, welches hier zur Belustigung der Schnösel täglich verbraucht wird, könnte die Jugendlichen im Bezirk wohl eine Woche lang ernähren. Ich spüre, wie die Wut in mir wieder aufsteigt. Sie lässt mich zurück an unseren Auftrag denken und warum wir wirklich hier sind.

„Die linke Tür führt euch in den Konferenzraum. Beeilt euch lieber. Unsere Vorgesetzten haben gewiss nicht viel Zeit", ertönt es in unserem Rücken. Kurz darauf gibt es einen leisen Schlag. Ich drehe mich in einer Bewegung um und sehe, wie der uniformierte Mann zusammensackt. Hinter ihm steht unser neuer Verbündeter. Er hat ihn mit einem gezielten Knüppelschlag niedergestreckt. „Das ist jetzt unsere einzige Chance. Macht die Kinder von den Handschellen los und legt sie diesem Wichtigtuer hier an." Nachdem wir von unseren künstlichen Fesseln befreit sind, eilen wir zur Tür des Konferenzraumes. Die ersten Stimmen werden deutlich. Sie reden wild durcheinander und hören sich aufgeregt an. Ich hole zweimal tief Luft und klopfe an. Das Gerede von innen verstummt schlagartig. Ein schleichender Schritt kommt mir entgegen. Die Tür beginnt sich einen Spalt weit zu öffnen. Ein Mann mit blond gefärbtem Haar blickt mir entgeistert in die Augen. Ich schlage ihm mit voller Wucht mitten ins Gesicht.

Von drinnen kommen die ersten Schreie zum Vorschein. Die Überraschung scheint uns diesmal gelungen zu sein. Ich reiße die Tür auf und schreie, so laut ich kann: „Jetzt haltet ihr alle mal die Schnauzen." Mehrere verdutzte und geschockte Mienen schauen mich an. Männer und Frauen mittleren Alters. Alle vornehm gekleidet und mit goldglänzendem Schmuck versetzt. Die meisten sind von den Polstersitzen aufgesprungen, die den riesigen Granittisch umgeben. Sie haben wahrlich nicht damit gerechnet, dass man ihnen jemals so nah kommen kann.

„Wer seid ihr? Und wie seid ihr hier hochgekommen?", kommt es von einer zwielichtigen Gestalt am Ende des Raumes. „Ich kann euch ganz genau sagen, wer wir sind. Wir sind diejenigen, die ihr einfach so von der Landkarte streichen wollt. Diejenigen, die eure Ansammlung von Marionetten bereichern sollen, und diejenigen, die euch den Hintern küssen müssen, wenn eure neue Stadt da drüben fertiggestellt ist." Die Reichen verstehen nun, wer hier vor ihnen steht. Wiz und Rich haben es sich auf den luxuriösen Sitzmöglichkeiten gemütlich gemacht. Sie versuchen, alle im Raum ein wenig lächerlich aussehen zu lassen. Vor der Tür passen unsere Verbündeten darauf auf, dass niemand raus und rein kommt.

Eine weitere Person tritt vor mich. Eine Frau, die mindestens schon die Fünfzig erreicht hat und nicht den nettesten Eindruck auf mich macht. „Was nehmt ihr kleinen Bengel euch eigentlich raus? Einfach so hier aufzutauchen, als ein Haufen nichtsahnender Abschaum. Ihr solltet froh sein, dass wir euch überhaupt noch die Gelegenheit geben, hier am Leben zu sein!" Mein entgegengebrachtes Schmunzeln lässt sie sichtlich aus der Haut fahren. „Was gibt es da denn noch zu lachen, du elendiger Nichtsnutz?" „Das kann ich Ihnen gerne sagen. Was glaubt ihr, wieso die ganze Stadt leer geräumt ist? Nur weil wir das so wollten. Wir haben eure seelenlosen Aufpasser zur Grenze gelockt, damit wir euch endlich mal auf einer Höhe gegenübertreten können. Ihr haltet euch ja für die Unantastbaren. Damit ist jetzt genug!" Den meisten Schnöseln verschlägt es die Sprache, sodass Ruhe in den Konferenzraum einkehrt. Die langsam einkehrende Realität, dass sie uns für den

Bruchteil eines Momentes nicht mehr in der Hand haben, lässt sie vor Angst zittern. Ich bin mir nahezu sicher, dass sie für alles vorbereitet sind, nur nicht dafür.

Ein Blick zu Rich und Wiz genügt, um zu signalisieren, dass es Zeit für unsere Forderungen ist. Sie sind kurz davor sie offen zu legen, da klatscht es direkt hinter mir in die Hände. Ein aalglatter Mann lacht mir voll ins Gesicht. Sein rotgestreifter Anzug weist nicht eine Falte auf. Meiner Meinung nach sieht er unheimlicher aus als alle anderen Reichen zusammen in dieser Kammer.

„Bravo, meine Lieben. Das Projekt hat vollen Erfolg erzielt. Lasst die Opfer eintreten." Die Tür öffnet sich. Nach und nach treten ungefähr zehn Jugendliche vor unsere Augen. Jeder von ihnen hält einen Gefangenen mit abgedecktem Kopf in der Mangel. Der Letzte, welcher den Eingang passiert, ist Rocky. Er hat Blut an den Händen und fügt sich nahtlos in die Reihe ein. Hinter ihm liegen unsere uniformierten Freunde regungslos auf dem Boden. Mir wird kurz schwarz vor Augen. Ich spüre die Angst durch meinen ganzen Körper fließen. „Befreit diese armen Lämmer von ihrer Dunkelheit", hallt es von rechts. Meine Blicke können nicht von den Neuankömmlingen ablassen. Je mehr von ihren Gesichtern zu erkennen ist, desto trauriger wird die Gewissheit. Vor mir knien mehrere Jugendliche mit einer Neun auf der Stirn. Unter ihnen befinden sich die Zwillinge und Schmidt.

Bevor mir auch nur ein Wort über die Lippen geraten kann, unterbricht mich erneut die Furcht erregende Stimme: „Da habt ihr es. Euer toller und so edelmütiger Plan. Habt ihr tatsächlich geglaubt, uns überlistet zu haben? Dass ich nicht lache. Ihr seid genauso vorgegangen, wie wir uns das gewünscht haben. Sogar mehr als das. Eure eigenen Freunde wurden von euch vorgeschickt, um sich für ein aussichtsloses Unterfangen zu opfern. Solange der arme Bezirk besteht, waren all eure Taten nur so, wie wir das wollten. Alles führt genau zu diesem Punkt hier. Nicht diese Geister hier sind die Jugend, die wir formten, sondern ihr." Abermals fällt die Entrüstung und Bestürzung sichtbar tief in unsere Gefühlslage. Meine zitternde Stimme bringt nur leise Worte zum Vorschein: „Lasst sie am Leben. Sie sind nur meinen Anweisungen gefolgt. Sie alle trifft keine Schuld. Was wollt ihr für sie?" „Ihr seid gewiss nicht in der Stellung, uns Angebote zu unterbreiten. Eure einzige Möglichkeit besteht jetzt noch darin, eine Entscheidung zu fällen."

„Was für eine Entscheidung?" „Ich biete euch die

einmalige Chance auf einen Platz hier in der Regierung. Ihr sollt die Möglichkeit bekommen euren Bezirk nach euren Vorstellungen wieder aufzubauen. Ist das nicht toll?" Die ganze Situation kommt mir immer widerlicher vor. Erst wird uns ein riesiger Dolch in den Rücken gestoßen, dann werden uns solche Sachen in Aussicht gestellt. „Eure ekelhaften Almosen könnt ihr behalten. Lieber gehe ich vor die Hunde, als mit euch zu kooperieren." „Nun gut. Ich habe darauf getippt, dass ihr so reagiert. Um die Entscheidung ein bisschen näher zu erläutern, möchte ich euch noch jemanden vorstellen." Der düstere Herr deutet wieder auf die Tür. Immer lauter werdende Schritte sind zu vernehmen. Sie stoppen kurz vor dem Eingang ab. Ich habe gedacht, schlimmer als all das hier könnte es uns nun nicht mehr treffen. Doch dieser Irrtum wird fatalerweise widerlegt. Eine Frau und ein kleines Mädchen betreten das Zimmer. Durch die wilden Schreie und Zuckungen von Schmidt wird mir schnell klar, wen sich die Reichen als Druckmittel geschnappt haben.

„Kommen wir nun zum interessanten Teil. Nehmt ihr die Position neben mir an, schenkt ihr mir gleichzeitig das Leben eurer treuen Gefährten hier. Lasst ihr sie verstreichen, nehme ich die Frau, das Kind und alle anderen in Angst lebenden Jugendlichen in meinen Gewahrsam, welche ihr uns schutzlos hinter euren Linien ausgeliefert habt. Durch euren törichten Versuch, uns aus den Fugen zu reißen, habt ihr das Schicksal des gesamten armen Bezirkes ohnehin schon verantwortungslos besiegelt. Ihr drei hier werdet leben, um die Konsequenzen für eure Fehler voll und ganz zu tragen." Ich sehe nun das Ausmaß unseres verlorenen Kampfes. Ein Trümmerhaufen voller verlorener Leben liegt vor uns. Sich gegen eine Seite zu entscheiden, ist unmenschlich und makaber. Dennoch sickert immer mehr durch, welch katastrophale Auswahl zu treffen ist. Wir haben alles aufs Spiel gesetzt.

KAPITEL 6 - □
VOM REGEN IN DIE TRAUFE

„Kommst du endlich mal? Kannst dich nachher weiterschminken. Wir müssen in einer Viertelstunde im Club sein, sonst ist es locker schon nach 24 Uhr", drängelt mich Rich vor einem großen Schaufenster einer verlassenen Fabrik. „Bin doch schon auf dem Weg. Außerdem würde Schmidt sowieso nicht sauer sein, wenn wir nicht Punkt null Uhr da sind. Hat doch dann eh noch den ganzen Tag Geburtstag." Nach einem kurz eingelegten Sprint schaffen wir es noch gerade so zum Anstoßen. Der Clubraum ist selbst zu einem solchen Anlass nur mit uns als Gästen gefüllt. Einzig Janine und Marie sitzen zusammen auf einer unserer Sofaecken. „Na dann alles Gute zum 50., du alter Greis", mache ich mich über das Geburtstagskind lustig, gratuliere ihm aber gleichzeitig zu seinem Ehrentag. „Halt die Klappe, du neidischer Bengel, und mach dir eine Hülse auf." Eine ausgelassene Stimmung legt sich über den ganzen Abend. Wir genießen den Moment, mal kurz nicht um unsere Existenz und Probleme fürchten zu müssen. Jeder lässt sich über Themen aus, die wenig mit Kampf und Macht zu tun haben. Wir würden ein gutes Bild einer gewöhnlichen Stammtischrunde abgeben. Nachdem die Nacht schon fast an uns vorbeigezogen ist, sind Schmidt und ich die letzten Verbliebenen des Clubraumes. „Und morgen geht der ganze Dreck hier wieder von vorne los. Nach der Schule werden wir zusehen müssen, dass wir was zu essen ranbekommen. Mein Brot ist schon seit zwei Tagen alle und meine Frauen haben auch nur noch die Hälfte." „Dann müssen wir da morgen wieder rüber." Ich sehe, wie Schmidt anfängt an die Decke zu starren. Das tut er immer nur dann, wenn ihm etwas im Kopf herumgeistert. „Stellst du dir manchmal ein Leben ohne die Aufteilung hier vor, Junge?" Solche Gedanken habe ich nie wirklich an mich herangelassen. Was würde es schon nützen, zu lamentieren und ständig auf eine bessere Zeit zu hoffen. Viel lieber würde ich bei dem Versuch, aus eigener Kraft hier rauszukommen, scheitern, anstatt immer nur das Aussichtslose zu sehen. „Nein. Keine Zeit dafür. Du etwa, Schmidt?" „Nun, nie wirklich nachgedacht. Habe mir viel eher immer zur Motivation genommen, was nach dieser ganzen Geschichte hier auf uns warten könnte. Ich würde ganz sicher nicht in Freude verfallen, dafür ist einfach schon zu viel passiert.

Mir wäre viel wichtiger, es mit euch und meiner Familie geschafft zu haben. Und wenn wir danach wieder zu kämpfen hätten. Ob in einem neuen Käfig oder nicht. Mein einziger Traum ist es schon immer gewesen, euch alle an meiner Seite zu haben."

„Also, ihr ach so tapferen Kämpfer. Für welche Seite entscheidet ihr euch? Oder besser gesagt, gegen welche?", fängt unser Unterdrücker an sich lustig zu machen. Mein gesamter Körper gleicht schon seit Längerem einer leblosen Hülle. Ich habe nie wirklich gedacht, einmal so überfordert und ratlos zu sein. Und vor allem habe ich nie wirklich gedacht, so große Angst erfahren zu müssen. Die unmenschliche Zwickmühle in meinem Kopf lässt mich immer wieder an die unschuldigen Kinder in unserem Bezirk denken. Am meisten aber an Schmidts Frau und Tochter. Im Gegenzug weiß ich aber nur zu gut, welche Absicht hinter dem Angebot des Feindes steckt. Wir sollen uns mit Blut beflecken, das unseren Brüdern angehört. Mit so einer Schandtat würden wir zu psychischen Wracks werden und wären die perfekte Gelegenheit, um den Reichen ihre Jugend zu geben. Eine solch zerstörte Persönlichkeit wäre in dieser Position beispielhaft für alle anderen, die an den Machenschaften zugrunde gegangen sind. Sie würden uns folgen. Und wir könnten kaum etwas tun, um das auszunutzen.

„Sie werden den Platz hier wahrnehmen." Die erste Stimme, die mich wieder aus meiner Versenkung holt, ist die von Schmidt. Er hat sich beruhigt. Ihm ist wohl klar geworden, dass es nur einen sinnvollen Ausweg von hier gibt. „Das kann ich nicht tun. Ich kann euch nicht so werden lassen. Das habe ich mir versprochen." „Sieh mich, an! Junge, hörst du? Sieh mich an!" Ich schaue in die ausgetrockneten Augen meines Bruders. Es wirkt so, als hätte er mit seinem Leben und all seinen Träumen abgeschlossen. Alles in ihm scheint leer und verlassen. „Du wirst diese Kinder da drüben beschützen. Du wirst sie aus alldem hier rausholen. Das war der Schwur. Selbst schuld, Schwachkopf." Er fängt an so breit zu grinsen, wie es nur irgendwie geht. „Los, ihr ganzen Feiglinge. Schafft uns schon weg." Im Raum bricht ein Gelächter aus. Die Würfel sind gefallen. Ein Befehl der Reichen lässt alle Gefangenen aufstehen und Richtung Tür wandern. Schmidt wirft seiner Familie einen letzten liebevollen Blick zu, ehe er noch etwas verlauten lässt: „Glaubt ja nicht, dass es euch diese Jungen hier zu leicht machen werden. Ihr solltet nie vergessen, dass wir genauso lange wie ihr in diesem Dreck hier leben. Ihr werdet brennen!"

Dann wird er mit den anderen Jugendlichen aus

dem Raum geschleift. Ich schaue auf die Tür, bis niemand mehr zu sehen ist. Nur Rocky bleibt mit dem Rücken zu mir stehen. Er versucht mir ins Gesicht zu schauen. Das erste Mal, seitdem er hier bekehrt wurde, sehe ich in seiner Haltung einen Hauch von dem Jungen, den ich meinen Bruder nannte. Ob es der Wahnsinn in mir ist oder bloß die pure Einbildung? Es kommt mir so vor, als würde ihm eine Träne über die Wange rollen.

Die meisten Reichen verlassen nun auch das Zimmer. Nach ein paar Minuten stehen nur noch Wiz, Rich und ich einer Delegation von Männern gegenüber. Einer von ihnen kramt einen Zettel aus einer Aktentasche heraus. „Hier, das ist der Vertrag. Einer von euch muss ihn unterschreiben. Dann seid ihr ein vollwertiges Mitglied unserer Regierung. Niemand wird euch oder dem armen Bezirk zu nahe kommen. Ihr drei habt die Befugnis, wann immer ihr wollt, hierher zu kommen und Vorräte zu holen." Ich nehme den mir entgegengestreckten Kugelschreiber in die Hand und unterschreibe. Den Stift schmeiße ich einmal quer durch den Raum.

Wir werden an der Grenze von vielen Kindern empfangen. Sie bedanken sich bei uns. Die ganzen Glückwünsche prallen völlig an mir ab. Unter der ganzen Meute sehe ich Janine. Man sieht ihr an, wie mitgenommen sie von den Ereignissen ist. Ich bin selbst noch zu betroffen, um Trost zu spenden. „Du hast das Richtige getan. Jetzt darf all das nur nicht für umsonst gewesen sein. Das sind wir ihnen schuldig", spricht sie mir im Vorbeigehen zu.

Angekommen im Clubraum erdrückt es mich fast an Schuldgefühlen. „Wäre ich nur lieber anstelle eines der Jugendlichen dort geblieben", frisst es mich halb auf. „Und was nun? Nicht mal mehr die Hälfte von uns ist noch übrig. Viel schlimmer kann es nicht mehr kommen", stellt Rich in Aussicht. „Ich weiß es wirklich nicht. Wir haben alles versucht und alles verloren." „Trotzdem dürfen wir uns nicht zerfleischen lassen. Wir müssen so lange, wie es geht, standhaft bleiben. Ansonsten feiern die sich da drüben jetzt schon einen auf unsere Kosten." Wiz läuft auf der Suche nach einem erneuten Schlupfloch auf und ab. „Ich denke, das Beste wäre, wenn wir erst einmal alle hier versorgen. Das ist das Mindeste, was wir tun können. Damit unsere Freunde da drüben nicht umsonst leiden."

Die darauffolgenden Tage werden die schlimmsten meiner Zeit hier im Bezirk. Vor meinem geistigen Auge laufen die Bilder meiner gefangenen Brüder auf und ab. Jeder Gedanke ist ein tiefer Stich in mein Herz und Gewissen. Ich versuche mir die absurdesten Pläne zu kreieren, die sich mit Befreiung und Stürzung befassen. Alle scheitern aber kläglich an meiner Hilflosigkeit. Die Reichen haben wahrlich nicht mit ihren Auswirkungen gescherzt. Seit unserer Niederlage im Konferenzraum fühle ich mich so schwach wie nie zuvor. Mein Aufbegehren geht gegen den Nullpunkt.

Das einzig Positive in diesen Stunden ist die verbesserte Lage unserer Heimat. Die meisten der verarmten Kinder sind so gut versorgt wie schon lange nicht mehr. Die Jungs und ich lassen keine Gelegenheit ungenutzt, um sie mit Lebensmitteln zu bereichern. Der Gang zu unseren Feinden ist dabei durchweg ein neuer Spießrutenlauf an sich. Wir spüren die spottenden Blicke der Bewohner bei allen Bewegungen. Sie symbolisieren, wie groß die Schmach unserer vergangenen Taten auf uns liegt. Den angebotenen Regierungsplatz haben wir nicht wirklich wahrgenommen. Für mich ist das am plausibelsten. Je näher wir uns an den Drahtziehern befinden würden, wären wir auch näher an unseren verlorenen Freunden. Diesen unausweichlichen Druck hätten wir alle niemals stemmen können.

„Du siehst ja grauenhaft aus, Junge. Musst mal wieder schlafen gehen, sonst hilfst du niemandem damit", spricht mich Rich von der Seite an. Wir sind gerade dabei die neu besorgten Brotlaibe und Limonaden im Clubraum zu rationieren. „Siehst auch nicht wie das blühende Leben aus." „Ich versuche aber wenigstens, mir alles nicht so anmerken zu lassen. Bringt nun auch nichts mehr vor allen hier den Betroffenen zu spielen." „Was willst du denn jetzt von mir hören? Dass mir alles egal ist und ich mich damit abgefunden hab? Ich bin ein jämmerliches Weichei durch den Dreck geworden. Für mich gibt es nichts Schlimmeres, als hier zu sitzen, ohne Aussicht auf irgendeine Erlösung oder Genugtuung. Wir werden keinen von ihnen auch nur den Hauch einer Wiedergutmachung bieten können. Tut mir leid, dass ich mich da nicht über unseren großen Erfolg hier freuen kann." „Keine Angst. Wiz und mir geht es nicht anders." Das Gespräch ist vorerst beendet. Ich komme mir dumm vor, da ich genau weiß, wie heftig Rich zu leiden hat. Er hat damals schon Rockys Verschwinden nie wirklich verkraftet, und sosehr er hier den starken Mann markiert, ist mir klar, wie gebrochen es um ihn steht. Da ist es wenig heldenhaft von mir, ihn noch anzuprangern.

Kurz bevor es mich fast wieder an Gewissensbissen zerreißt, höre ich mehrere Schreie von draußen. Im selben Moment kommt Wiz durch die Stahltür gestürzt: „Leute! Das solltet ihr sehen!" Rich und ich folgen ihm, ohne groß zu überlegen. Auf den anliegenden Straßen hat sich ein großer Aufruhr gebildet. Fast alle Jugendlichen des Bezirkes haben sich in einer Traube versammelt. Inmitten dieses Gebildes erkenne ich mehrere junge Männer, deren Gesichter mir völlig fremd sind. Es scheint trotzdem nicht so, als hätten unsere Mitbewohner Angst vor den Unbekannten. „Was ist hier los?", frage ich in die Menschenmasse. Sofort richten sich alle Blicke auf mich. Das Gerede verstummt. Mir tritt ein mittelgroßer, dunkelhaariger Junge entgegen: „Ich grüße dich und deine Freunde. Mein Name ist Charlie." „Wie seid ihr hier hergekommen?" „Meine Brüder und ich kommen aus Bornstädt, ungefähr 20 Kilometer von hier entfernt. Wir streifen jetzt schon länger von Stadt zu Stadt. Es gibt da einiges zu erzählen, was euch sicher interessieren wird." „Seht zu, dass ihr hier wegkommt. Wir brauchen keinen Möchtegern. Haben schon genug Probleme am Hals", mischt sich Rich ein. „Ach ja? Und was glaubt ihr, woher wir dann von der Aufteilung Bescheid wissen? Oder was mit euren Freunden passiert ist. Eins könnt ihr uns abkaufen. Wir wissen mehr über diese Dinge, als uns lieb ist. Also habt ihr jetzt eine Minute oder verschwenden wir nur unsere Zeit?"

Ob es wieder der Gedanke ist, ohnehin schon alles

verloren zu haben, oder die erneut aufkommende Hoffnung, winke ich die Fremden hinter mir her. Rich und Wiz schließen sich unserer Gruppe wider Willen an. Ihnen gefällt weder, dass wir den Platz des Clubraumes bekannt geben, noch die unbekümmerte Art der neuen Gäste. „Na dann erzählt uns mal von euren einschneidenden Nachrichten." Charlie und seine eingetroffenen Anhänger fangen an zu schmunzeln. Sie machen wirklich nicht den Eindruck uns von all den Ängsten und Gewissensbissen befreien zu können. Generell ist die Messlatte, was das Vertrauen Fremder angeht, nicht mehr besonders hoch gelegt, nachdem die Überläufer von den Reichen auch eher mehr Probleme machten, als dass sie uns halfen. „Nun, ihr erwartet jetzt womöglich einen Plan, wie ihr aus dieser Psychonummer hier rauskommt. Doch zu eurer Enttäuschung gibt es den leider nicht. Die da drüben sind zu tief in unsere Köpfe eingedrungen und haben jeden eurer Freunde verschluckt. Es gibt wahrlich kein Zurück mehr. Wir haben hier und jetzt einzig die Möglichkeit, das alles zu beenden. Ein für alle Mal. So, dass nicht noch mehr Unheil über alle Unschuldigen kommt." „Wie habt ihr euch das vorgestellt? Einfach wieder kopflos da einmarschieren und abermals eine Abfuhr erfahren?" „Fast richtig. Binnen eines Tages könnten hier mehrere Tausende Jugendliche stehen, die alles und jeden in eurem reichen Bezirk überrennen, wenn es sein muss."

Dieser Gedanke hört sich zwar vielversprechend an, lässt aber dennoch wenig Hoffnung in mir aufkeimen. Unsere Widersacher hatten bis jetzt jeden noch so ausgereiften Plan durchschaut und zu allem Überfluss zählte dieser hier gewiss nicht zu den meistdurchdachten. „Mal angenommen, das wird sie überraschen und wir kommen da durch. Was wollt ihr dann mit den ganzen Menschen dort anfangen?" „Selbst wenn sie damit rechnen, würden sie andere Städte dafür räumen müssen, um uns Paroli zu bieten. Vor so einer Schutzlosigkeit haben die Bürger aber viel zu große Angst. Was die Menschen angeht, solltet ihr wissen, dass wir auf niemanden Rücksicht nehmen können. Dennoch liegt es nicht in unserer Absicht dort irgendwelche Leute dem Erdboden gleichzumachen. Vielmehr wollen wir sie genauso gefangen nehmen und einsperren, wie es mit all den Jugendlichen gemacht wurde. Sie sollen spüren, was es heißt, in einem Bezirk ohne Luxus zu leben. Dann könnten wir es ohne diese Psychotricks schaffen, neue und gerechtere Städte zu errichten. Ihr seid der jüngste Bezirk, dem all das angetan wurde, deswegen fangen wir hier an und hören nicht auf, bis jeder Bezirk wieder fair leben kann. Auch wenn euch das alles jetzt ziemlich fern von jeglicher Realität vorkommt, muss euch klar werden, dass ihr nicht allein auf weiter Flur steht. Das ist der einzige Vorteil, den sie uns törichterweise gelassen haben."

In Richs abgewandter Haltung ist zu erkennen, dass er noch immer voller Misstrauen steckt. Das ist ihm alles andere als zu verübeln, da dieses Vorgehen schlichtweg zu einfach scheint, um so glatt zu funktionieren. Die Reichen hätten ja doch wieder eine Antwort parat, die uns abermals zerschmettern würde. Ich bin nah dran, Charlie und seinen Jungs abzusagen, als mir Schmidts letzte Worte zurück in den Kopf kommen. Er hätte nach jedem letzten Strohhalm gegriffen, um alle von diesen Alpträumen zu befreien. Da könnte dieser noch so aussichtslos erscheinen. Ich kann es mir einfach nicht erlauben, jetzt da aufzugeben, wo Schmidt für uns gekämpft hätte. Er ist nach wie vor da drüben unser Bruder. Egal, in welchem Zustand er sich befindet.

„Wir werden alle Vorkehrungen treffen, die nötig sind. Ich erwarte euch morgen Abend." „Ich wusste, dass ihr bereit sein werdet. Ich gebe euch meine Hand drauf, dass dieser Wahnsinn morgen endet." Ich nehme die mir entgegengestreckte Hand an und verabschiede die jungen Männer.

Nach einem kurzen Moment der Besinnung findet Wiz die ersten Worte: „Jetzt stehen wir wieder wie immer da. Mit einem Plan in der Hand und kurz vor einer neuen Unternehmung. Ich muss ehrlich sagen, ich habe mich nach so etwas gesehnt, doch das ist langsam Dummheit da ständig reinzugehen. So dezimieren die uns doch immer mehr, bis hier bald alle ohne Schutz sind. Wollt ihr jetzt wirklich auch noch diesen winzigen Erfolg aufs Spiel setzen?" „Ich bin auf jeden Fall deiner Meinung. Selbst wenn hier eine Million Leute sind, läuft doch eh wieder was schief", gibt Rich recht.

„Ihr seid jetzt beide mal still. Ich bin es langsam leid, hier im Selbstmitleid zu ersticken und jedes Mal mit einer Niederlage heimzukehren. Ja, es ist bis jetzt alles schiefgelaufen, und ja, vielleicht werden die uns noch mehr nehmen, was wir bis dato noch in Sicherheit wähnen. Dennoch habt ihr unseren Brüdern in die Augen geschaut, als sie im Konferenzraum abtransportiert wurden. Es war keine Angst oder kein Aufgeben in ihnen. Es war das Vertrauen, für eine Sache zu gehen, die wir für sie mit beenden. Genau das werden wir jetzt tun. Schon zu lange verkriechen wir uns hier und lassen diese dreckigen Ratten da drüben feiern. Das ist das erste Mal seit Langem, dass wir nicht allein auf uns gestellt sind. Das sollen und werden sie spüren." Meine beiden Freunde sind von meiner

Ansage sichtlich überrascht. Ich habe ihnen in letzter Zeit nun wirklich nicht das Gefühl von Mut oder Kampf unterbreitet. Trotz alledem merkt man, wie notwendig ein solches Aufwecken war. Nicht mehr lange und wir wären hier vollkommen durchgedreht. Selbst unsere gewonnenen Leistungen von Schutz und Versorgung hätten wir dann wohl nicht mehr stemmen können. Nach einiger Zeit würde alles im Chaos versinken und die Reichen hätten mit den Kindern und Mädchen leichtes Spiel.

„Dann lasst uns allen Bescheid sagen. Sie sollen sich in ihren Unterkünften versammeln. Am besten mit genug Proviant", pustet Wiz durch. „Einverstanden. Ihr beide werdet dafür sorgen. Ich statte den Pennern noch einen Besuch ab." „Bist du verrückt? Dann ist den Reichen doch gleich klar, dass hier was am Laufen ist", lenkt Rich ein und versucht mich am Arm zu packen. „Das ist der Sinn. Sie sind viel zu scharf auf ihren Erfolg, als dass es keine voreiligen Entschlüsse gibt. Ich werde die Ratten locken, so gut es geht." „Ich hoffe, du weißt, was du da tust. Los, Wiz, wir gehen."

Ich genieße den kurzen Moment der Ruhe. Ein warmer Lufthauch zieht durch den Clubraum und lässt mich wieder in der Erinnerung an unsere

Anfänge hier schwelgen. Doch viel Pause gebe ich mir nicht, da ich weiß, wie knapp die Zeit steht.

Wenige Minuten später überquere ich die so verhasste Grenze. Bei den Reichen herrscht wie immer reges Treiben. Viele der adrett gekleideten Menschen unterhalten sich auf den breiten Straßen und nehmen mich kaum wahr. Nur ein paar ältere Herren gaffen mich aus ihren Ladenfenstern heraus an und belächeln mich. Nachdem die Marktstraße endlich hinter mir liegt, nehme ich Kurs auf das Volkshaus, in welchem sie damals Rocky geschnappt haben. Das etwas heruntergekommene Backsteingebäude fällt einem schon von Weitem auf. Stets kommen die Erinnerungen und Bilder von den damaligen Ereignissen wieder hoch. Sie lassen mich einfach nicht mehr los.

Ich trete ohne großes Anklopfen durch die marode Holztür. Mehrere vornehme Männer schauen mich verdutzt an. Als sie aber langsam erkennen, wer da vor ihnen steht, beginnen sie lauthals zu lachen. Dies geht nach all den anderen Demütigungen aber eher spurlos an mir vorbei.

„Seht einmal an, wen wir da haben. Hast du endlich nach Hause gefunden?", fletscht einer der Ersten die Zähne. „Halt die Klappe, du dreckige Schlange. Wo ist euer Chef? Ich hab ihm was zu sagen." „Der sitzt genau vor dir, du vorlauter

Bengel", ertönt es vom Ende des runden Tisches. Zu meinem Verblüffen ist es genau dieselbe zwielichtige Gestalt, die uns im Konferenzraum vor die Wahl gestellt hat. Ich unterdrücke die aufkommende Wut durch meine geballte Faust. „Ich wollte euch nur ganz kurz darauf aufmerksam machen, dass ihr euch schon einmal von eurem Luxus hier verabschieden könnt." Wieder kommt ein grelles Gelächter auf. Alle Insassen des Raumes strotzen nur so vor Arroganz und abwinkenden Gesten. „Nun, welche ach so große Überraschung habt ihr denn diesmal für uns geplant? Und glaub ja nicht, dass uns verborgen geblieben ist, was bei euch mit diesen anderen Scharlatanen vorgeht." „Dann brauch ich euch ja nichts weiter zu erzählen. Ihr solltet nur noch etwas Verstärkung an die Grenze bringen, damit es morgen nicht zu schnell vorbei ist." „Lasst uns allein", befiehlt der Kopf unserer Feinde und lässt den Raum innerhalb weniger Sekunden leer werden.

So stehe ich nun meinem ärgsten Rivalen Auge um Auge gegenüber. Vieles würde ich ihm jetzt gerne an den Kopf schmeißen, doch ich weiß, dass ich diese Chance jetzt nicht für einen kurzen Rachegedanken verschwenden darf. „Was soll der ganze Scheiß hier? Du bist doch ganz sicher nicht hier hergekommen, um mich in eure stumpfen

Pläne einzuweihen." „Diesmal habt ihr leider keine Möglichkeit uns vorher zu durchschauen, denn es gibt keinen ausgeklügelten Plan." „Dann solltet ihr erst recht keine Anstrengungen mehr machen, um uns gefährlich zu werden. Oder soll ich dir etwa noch einmal deine Freunde hier zeigen? Nur zu, bringt uns bitte noch mehr von euren Brüdern, dann müssen wir hier gar keinen Finger mehr krumm machen." „Ich glaube, ihr seid euch der neuen Umstände noch nicht ganz bewusst. Da drüben wartet keine kleine Gruppe an rebellischen Jugendlichen. Wir werden nunmehr nicht wegen Nahrung oder unseren gefangenen Freunden kommen. Für uns zählt nur noch der Gedanke, euch hier endgültig dem Erdboden gleichzumachen. Die Tatsache dass ihr alle Städte auf einmal auseinandergenommen habt, wird nun zu eurem Nachteil und das könnt ihr mir glauben." „Große Worte für einen Jungen, der all seine Leute auf dem Gewissen hat und nicht mal für sich selbst sorgen kann. Oder wie geht es dir so nach der Entscheidung im Konferenzraum?" Dieser Treffer sitzt. Ich kann meine Faust nicht mehr halten und schlage so fest wie noch nie gegen die massive Steinwand. Nachdem das Gefühl langsam in meine Hand zurückkehrt, sehe ich das tropfende Blut an ihr. Der schmerzende Druck lässt die Wut um mich schier ins Unermessliche steigen. Hinter mir wird die Tür aufgerissen. Eine Handvoll Aufpasser stellen sich in meinen Nacken. Deren Anwesenheit ungeachtet, richte ich einen letzten Blick auf den reichen Schnösel. „Das nächste Mal, wenn wir uns sehen, werdet ihr es sein, der eine Entscheidung zu treffen hat. Ich gebe euch die einmalige Chance auszuwählen, welches Körperteil als Erstes anfängt zu bluten. Bis morgen."

KAPITEL 7 - □
DAS NEUNTE GRAB

Am ersten Tag im ersten Jahr,

da stand sie da, die junge Schar.

Kinder hofften auf die neue Zeit.

Erwachsene hielten bald die Enttäuschung bereit.

Am zweiten Tag im zweiten Jahr

scheint nichts mehr so, wie es mal war.

Die Aufteilung der Reichen im vollen Gange.

Allen außer uns wurde angst und bange.

Am dritten Tag im dritten Jahr

war sie vollzogen, nahm jeder gewahr.

Jeder Schritt unter tödlichem Auge.

Wer widersprach, floh besser als Taube.

Am vierten Tag im vierten Jahr

folgte endlich der erste Kommentar.

Ideen in den Köpfen von Kampf oder Rebellion,

wohin uns das führt, wer ahnte das schon.

Im fünften, sechsten und siebten Jahr

fand vieles statt, hauptsächlich Gefahr.

Das Aufbegehren trug die ersten Keime.

Doch der Wind schlug um, traf uns hart wie Steine.

Am achten Tag im achten Jahr

stand die Zeit, das war jedem klar.

Das Ende nah, die kochende Wut.

Alles, was zählte, war das Blut.

Am neunten Tag im letzten Jahr

stand sie wieder da, die junge Schar.

Alle weinend mit Blick auf den Sarg,

ich schaute ab ins neunte Grab.

„Bist du jetzt endlich mal fertig mit deinen Romanen und Ammenmärchen?", giftet Rich in den Clubraum. „Na, das steht doch hier alles genau so. Habe ich vorhin auf der Straße vor der Schule gefunden. Keine Ahnung, wem das Buch gehört. Hier steht auf jeden Fall nur das eine Gedicht drin", nimmt sich Wiz aus der Schussbahn. „Wer weiß, welchem armen Kind das gehört hat." „Seid ihr dann so weit? Können schon mal langsam vor auf die Straße machen. Die werden sicher nicht mehr lange auf sich warten lassen. Und vergesst eure Aluschläger nicht", unterbreche ich die Unterhaltung. In ungefähr zehn Minuten haben sich unsere Verbündeten angekündigt. Alle Vorbereitungen, die wir erledigen konnten, wurden getätigt. Die meisten der Kinder und Mädchen haben sich in der schon seit Längerem leer geräumten Schule verbarrikadiert. Wir haben ihnen Lebensmittel für mindestens zwei Tage bereitgestellt. Die wenigen übrig gebliebenen Jungen haben sich uns abermals angeschlossen. Sie stehen bereits folgsam vor dem Clubraum. Fast alle von ihnen sind noch mit Wunden von den Ereignissen der vergangenen Tage gekennzeichnet. Der erloschene Kampfgeist wurde durch die Vielzahl unserer neuen Anhänger wieder neu entfacht.

Gemeinsam mit meinen Brüdern laufe ich die zerstörte Hauptstraße entlang. Sie führt uns entlang der ganzen Blöcke, die wir einst unser Zuhause nannten. Nirgends brennt auch nur ein Licht. Unser Bezirk hatte ohnehin nie wirklich viel Leben in sich. Nun wirkt alles noch viel schlimmer und verlassener. Als mich die ersten Regentropfen treffen, denke ich zurück an jenen Tag, als Schmidt und ich in den Biotonnen gehaust haben, um nicht von den Aufpassern erwischt zu werden. Dieses einstige Gefühl, dass ich noch alle meine Brüder um mich hatte, lässt mich kurz tief durchatmen. Gleichzeitig bestärkt es den Gedanken in mir, dieses große Unheil, was uns so viel gekostet hat, ein für alle Mal zu begraben.

„Da vorne sollen wir warten", hält Wiz vor unserer Gruppierung an. Die große freie Wiese vor dem Grenzübergang erwartet uns. Hier riecht es wie jedes Mal nach Schlamm und feuchtem Gras. Der immer stärker werdende Regen unterstreicht diesen Geruch in der Nase. Von Weitem sind schon die ersten Schritte und Stimmen zu erkennen. Die Lautstärke lässt darauf schließen, dass Charlie mit der angekündigten Zahl an Jugendlichen nicht gescherzt hat. Umso näher sie kommen, wird mir immer mehr bewusst, wie viele Anhänger sich dieser Sache angeschlossen haben. Charlies Gesicht ist an der Spitze der Bewegung zu erkennen. Hinter ihm findet sich eine Schar wieder, die auf den ersten Blick nur zu überfliegen ist. Ein Ende erkenne ich selbst beim zweiten Mal hinschauen nicht. Die aufkommende Zuversicht ist in den Augen meiner Freunde klar zu erkennen. Auch sie hatten nach sämtlichen vergangenen Enttäuschungen nicht wirklich mit etwas Positivem gerechnet.

„Eine Freude euch alle hier so voller Tatendrang zu sehen", begrüßt uns Charlie mit seiner ausgestreckten Faust. Er hat sich einen halben Autoreifen als eine Art Brustpanzer umbinden lassen. In der rechten Hand findet sich ein riesiger Holzknüppel. Diese Ausrüstung setzt sich durch die ersten Reihen seiner Gefolgsleute fort. Man bekommt das Gefühl einer Armee von Verwilderten und Ausgesetzten gegenüberzustehen.

„Die Freude liegt ganz bei uns. Hast wahrlich nicht gegeizt mit deinen Versprechungen", erwidere ich seine Faust. „Hab ja gesagt, ihr seid hier nicht mehr auf euch allein gestellt. Hinter mir stehen rund 500 Jungs. Sie würden mir und dir bedingungslos in jede Richtung folgen. Jeder Einzelne von ihnen teilt euren Hass gegenüber diesen Ratten." „Dann lasst uns nicht länger warten. Wie gehen wir jetzt vor?" „Ein paar von uns waren schon vorne an der Grenze. Da wimmelt es nur so von Aufpassern und die kommen garantiert nicht nur von Neustadt. Die ahnen, dass wir diesmal nicht zum Spaß hier sind. Dennoch können die nicht all ihre Handlanger herschicken, sonst sind die anderen Städte für sie zu ungeschützt. Das gibt uns bei Weitem die Überzahl. Wir kämpfen uns den Weg bis ins Zentrum durch, suchen nach den dreckigen

Anführern und schauen, ob wir noch etwas für eure Leute tun können." „Dann soll es so sein. Doch eine letzte Frage, Charlie. Wenn alle kampffähigen Jugendlichen hier sind, was ist mit denen, die ihr bis dato zu verteidigen hattet? Die Mädchen und Kinder?" „Mein Freund. Die gibt es nicht mehr. Ob gefangen oder übergelaufen. Wir sind das Letzte, was diese arme Welt an Widerstand zu bieten hat." Diese Antwort ist wahrlich genug Grund den Feldzug endlich starten zu lassen: „Dann wird das Letzte das Ungemütlichste sein. Meine Jungs werden eingewiesen. Dann lassen wir es rauchen."

Als ich mich umdrehe, wird mir langsam klar, dass das die letzten Zeilen sein könnten, die ich je an meine verbliebenen Brüder richten werde. Warme Worte oder ermutigende Sprüche wären jetzt wohl am angebrachtesten. Doch in meinen Gedanken finden solche Dinge schon lange nicht mehr statt. Vielmehr liegt es mir nahe ihnen aufzuzeigen, wofür wir schon das ganze Leben lang gekämpft haben. Nur das hat uns zu dem gemacht, was wir heute sind. „Also, Männer. Wir gehen jetzt tatsächlich das erste Mal ohne wirklichen Plan da rüber. Vielleicht ist es ja gerade diese Ironie des Schicksals, die uns endlich von den Ketten hier löst. Da werden wieder unzählige Marionetten auf uns warten. Da müssen wir irgendwie durchkommen. Ist das geschafft, geht es ins Zentrum. Da hauen wir alles kurz und klein, wenn es sein muss, und suchen uns die ganzen Drahtzieher ein allerletztes Mal heraus." „Was ist mit Schmidt und den anderen? Wenn ich einmal da drinnen bin, kann ich sie nicht einfach so dort verrotten lassen", lenkt Rich ein. „Ich weiß. Mir geht es nicht anders. Wenn wir es irgendwie schaffen, die ersten Reihen zu überbrücken, und dort ordentlich aufgeräumt haben, sind sie unser nächstes Ziel. Wir werden sie mitnehmen, egal, in welchem Zustand sie sich befinden, und völlig gleich, was all die anderen sagen. Das ist das Mindeste, was wir noch für sie tun können."

Ich merke, wie schnell der Aufruhr durch die Erinnerung an diese Tatsachen wieder gebremst wird. Die Gewissheit, unseren Freunden selbst nach einer Befreiung wohl nicht mehr helfen zu können, hat ohnehin schon alles unerträglich gemacht. „Nun gut. Genug der ganzen Trauer und Verzweiflung. Ich habe endgültig die Schnauze voll von all diesem Druck, den wir hier Tag für Tag auf uns spüren. Niemand, der in unserem Alter ist, sollte auch nur im Geringsten so etwas mit sich machen lassen müssen. Da haben die nie auch nur einen Deut drauf gegeben. Doch eine Sache steht diesen Hunden entgegen. Wir stehen noch immer hier, und wenn sie uns noch so viel genommen hätten. Es ist dieser eine Fakt, den niemand hier erwartet hat. Und ich sage euch eins. Wir werden da drüben ein Exempel statuieren. Wenn es das Letzte ist, was jemals von Jugendlichen bewerkstelligt wird. Das wird sich in deren Gedanken einbrennen, so wie sich alles in die unseren gebrannt hat!"

Mein Kopfnicken in Charlies Richtung ist das Zeichen für den großen Aufbruch. Die gigantische Kolonne unserer Mitstreiter kommt in Bewegung. Als selbst nach einer Minute noch kein Auslauf in Sicht ist, reihe ich mich mit meinen Brüdern in den Strom ein. Wir folgen der sich teilenden Masse durch die mit Pfützen übersäten Gassen, bis es zum Stillstand kommt und ein großes Durcheinander entsteht. Wir müssen wohl ganz kurz vor den Hauptstraßen stehen. Leises Flüstern kommt von der Front. Es ist nicht genau zu vernehmen, was besprochen wird. Nur die Worte Hass und Vergeltung dringen in meine Ohren. Dann ist er da. Dieser kurze Moment, den jeder als die Ruhe vor dem Sturm bezeichnet. Auf uns bezogen, ist es wohl der finale Sturm. Mein Blick sucht Rich, Wiz und die anderen meines Bezirkes. Vergebens. Sie müssen irgendwo in der Meute untergegangen sein, als wir uns in den Gassen aufgeteilt haben. Die in mir aufkommende Anspannung wird durch die ersten Schreie deutlich übertönt. Ich zucke kurz zusammen, da hinter mir ungefähr zweihundert kampfeslustige Menschen auf einmal nach vorne preschen wollen. Auch sie haben die Rufe ihrer Freunde gehört und brennen nur so darauf, an die Spitze zu gelangen. Die Lichter der Hauptstraßen sind nun immer besser zu erkennen. Nur noch wenige Augenblicke, bis das Schlachtfeld mir zuteilwird. Ich umgreife den Aluminiumschläger so fest in meinen Händen, wie es nur irgendwie geht. Ein heftiger Schubs in meinen Rücken lässt mich fast zu Boden gehen. Ich kann mich gerade so an der Schulter meines Vorläufers festhalten, als sich dieser verabschiedet und mir den Schauplatz der Fehde eröffnet. Entlang der Wege ist die Auseinandersetzung im vollen Gange. Zahllose Schlägereien und Übergriffe, soweit das Auge reicht. Überall ist Staub und Dreck aufgeworfen. Nicht weit von mir sehe ich etliche Jugendliche bewegungslos am Boden liegen.

„Lass es bitte keinen von meinen Jungs sein", schießt mir sofort in den Kopf. Mit dem nächsten Atemzug versuche ich mich von diesem schaurigen Anblick abzuwenden. Zur Hälfte umgedreht, fällt mir eine schwarze Gestalt ins Gesicht. Ein Aufpasser, so groß wie zwei von unseren Jungs zusammen, hebt seinen Schlagstock und ist drauf und dran mir den ganzen Körper zu zerschmettern. Äußerlich lähmt es mich völlig. So ein schnelles und unverhofftes Ende habe ich mir wahrlich nicht gewünscht. Als ich meine Augen schon langsam zu schließen beginne, warte ich vergeblich auf den Einschlag. „Junge, wach endlich auf! Das ist jetzt unser Moment hier. Los geht's", hebt mich Rich aus meiner Lethargie. Er hat den uniformierten Hünen mit einem gezielten Schlag auf den Kopf niedergestreckt. Aller angebrachte Dank verflacht schnell, da schon die nächsten Feinde in unsere Richtung aufschlagen. Sie kommen voll ausgerüstet und im Stechschritt. Ich weiß genau, wie wahr die Worte meines Bruders sind. Diese eine letzte Chance jetzt wegen Unachtsamkeiten oder starken Emotionen zu vermasseln, wäre der ganzen Sache nicht würdig. Es geht nun um das große Ganze. Mit diesem Bewusstwerden im Hinterkopf warte ich nicht mehr länger darauf, dass die Aufpasser zu mir kommen. Ich nehme alle Wut zusammen und renne direkt auf sie zu. Neben mir tut Rich dergleichen und beginnt lauthals zu grölen. Davon angesteckt, strecke ich meinen Aluschläger in die Luft und lande den ersten Schlag auf die rechte Schulter des Aufpassers. Sie haben sichtlich nicht mit einem Entgegenkommen gerechnet, da auch der zweite unserer Widersacher zu Boden geht. Von Adrenalin nur so durchflossen, suche ich mir den nächsten Angriffspunkt aus: „Komm mit, Rich! Da drüben brauchen ein paar

Jungs unsere Hilfe!" Auf der anderen Straßenseite befindet sich die nächste große Traube an Menschen. Schnell wird klar, dass sich hier mehr Feinde als Verbündete auf einem Haufen befinden. Völlig unerschrocken nehme ich abermals beide Beine in die Hand und spurte mit großem Anlauf auf die Gruppe zu. Niemand hat uns wirklich bemerkt, sodass beide Hiebe auf den Rücken der Gegner landen. Wieder zwei weniger. Die verursachten dumpfen Töne beim Aufprall der Waffen lassen mich wacher und wacher werden. Von innen heraus befreien sich nun die anderen Jugendlichen und prügeln wie wild auf die hilflosen Männer ein. Ein paar rote Spritzer fliegen direkt an meine rechte Wange. Das Brechen von Knochen ist nicht zu überhören. Rich reiht sich erneut in die unübersichtliche Schlägerei mit ein. Er ist voll und ganz in Rage geraten. Sein gesamtes Gesicht ist mit Blut verschmiert. Teils ist es von ihm, teils von anderen. Als ich meinen Verbündeten den Rücken freihalten will, zieht es mir plötzlich die Füße weg. Es folgt ein harter Aufprall auf den Asphalt, mit pochenden Schmerzen verbunden. Ein Aufpasser liegt halb bewusstlos auf der Straße. Er hat mich mit letzter Kraft zu Fall gebracht. Ohne lange zu fackeln, trete ich ihm voller Wucht in den Magen. Ein lauter Schrei lässt ihn endgültig ins Land der Träume versinken.

„Los, nimm meine Hand. Sei froh, dass der schon fast hin war", beginnt es von oben zu sprechen. Die Stimme kommt mir zu bekannt vor, als dass ich nicht umgehend weiß, wer hier seine Hilfe anbietet. Wiz blickt stark angekratzt in meine verzerrte Miene. An seiner Stirn sticht ein blauer Fleck, so groß wie zwei Teller, hervor. Der Kampf ist wirklich nicht spurlos an ihm vorbeigegangen. „Mist, Junge, geht's dir gut?", frage ich, nachdem wir uns wieder auf Augenhöhe begegnen. „Na klar doch. Hab nur irgendwas vor den Kopf geworfen bekommen. Da muss ich wohl mal kurz weg gewesen sein. Aber egal. Lass uns jetzt lieber gleich zu Rich machen. Den Wahnsinnigen hat es schon wieder auf die andere Straßenseite getrieben." „Dann los. Aber sieh dich vor, hier abzuklappen. Dann hau ich dich persönlich wieder wach."

Die wenigen Meter zu unserem Freund sind gepflastert von leblosen Körpern. Jugendliche und ausgewachsene Männer teilen sich den Anblick. Für beide Parteien kommt wohl jede Hilfe zu spät. Wahrlich blickt uns ein makaberes Schauspiel entgegen, da der Kampf noch lange nicht an sein Ende gelangt ist.

Auf der anderen Flanke angekommen, warten

schon die nächsten Hürden. Unsere Gegner haben sich hinter einer massiven Holzbarrikade verschanzt, um so den Zugang zur Stadt unmöglich zu machen. In der breiten Masse an Angreifern ragt ein Junge, so groß wie ein Baum, heraus. In jeder Hand hält er eine lange Eisenstange und versucht so die Wand von unten heraus auszuhebeln. Die anderen Verbliebenen halten ihm dabei den Rücken frei. Darunter ist auch Rich zu erkennen. Instinktiv stürmen Wiz und ich auf die Rudelbildung los. Wir räumen dabei gemeinsam eine weitere Marionette aus dem Weg und brechen den Kreis um unsere Freunde auf. Nun herrscht wieder das komplette Chaos. Ich kann kaum noch zwischen Rivale und Bruder unterscheiden und versuche einfach jeden Schlag abzuwehren. Neben mir ertönen wieder unendliche Schreie und Laute. Auf der Erde erstreckt sich eine Blutlache neben der anderen. Eine davon wird wohl erneut zu meinem Verhängnis und lässt den Boden näher kommen. Ohne diesmal die Verletzungen zu spüren, halte ich sofort Ausschau nach den hohen Stiefeln der Aufpasser. Jeder, der mir zu nahe tritt, bekommt einen heftigen Hieb. Die ersten beiden Männer gehen dadurch noch zu Boden, wobei der dritte Aufmerksame mir den Schläger aus der Hand tritt. Als Nächstes versucht er mitten in mein Gesicht zu hauen. Ich bekomme noch gerade so die

Arme hoch und wehre seine Faust ab. Zu meinem
Verwundern fällt die schwarze Gestalt daraufhin
wie ein nasser Sack um. An der Wunde seines
Hinterkopfes ist zu erkennen, dass er wohl von
einem unserer Jungs niedergeschlagen wurde.
Sofort nach dem Aufstehen suche ich die Visagen
meiner Brüder. Nach kurzem Umschauen ist Rich
neben dem riesigen Verbündeten an der Mauer zu
entdecken. Das Feld hat sich nun gelichtet. Immer
weniger vereinzelte Kämpfe sind auf der Straße zu
verzeichnen. Dem Vernehmen nach ist unsere
Mission noch im vollen Gange, da ich beim
genaueren Hinsehen eine Vielzahl an stehenden
Jugendlichen registriere. Den gegnerischen Reihen
wurde getrotzt. Alle, die das noch erleben können,
versuchen nun Richtung Stadtzentrum vorzugehen.
Sie schmeißen sich mit vollem Anlauf gegen die
harte Sperre. „Los, Junge. Wir bringen das Ding zu
Fall. Dann schaffen wir es bis zu diesen Hunden",
ruft mich Rich heran. Seinen Anweisungen
folgend, haue ich mich mit aller Macht gegen das
Holz. Der Schmerz dabei durchgeht den ganzen
Körper. Das Knacken des Walls bleibt bei unseren
Versuchen allerdings niemandem verborgen.
Weiter hinten gehen nun auch die letzten
Auseinandersetzungen zu Ende. Kein einziger
Aufpasser steht mehr da, wo er mal war. Trotzdem
ist die Zahl an verlorenen Jugendlichen zu

verheerend, um die Mission als Erfolg anzusehen. Einzig lässt mich der Gedanke weitermachen, noch immer eine Möglichkeit zu haben, die Sache hier und jetzt zu beenden.

Wenige Minuten und Anläufe später fällt die Schanze. Der riesige Junge hat es an einer Stelle geschafft, ein Loch ins Material zu schlagen. So war es ein Leichtes, das Gebilde von innen heraus aus der Verankerung zu reißen. Alle sich dahinter befindlichen Männer werden von uns einfach überrannt. Sie haben nicht den Hauch einer Chance und werden fast ausschließlich von den hölzernen Trümmern zerquetscht. „Nun ist der Weg tatsächlich frei. Wir müssen jetzt schnell nach Überlebenden schauen. Dann wird hier aber ein richtiges Feuerwerk abgebrannt", hallt ein lautes Organ weiter rechts von mir. Charlie hat es auch geschafft. Viele Kratzer hat er nicht abbekommen. Einzig sein linkes Bein sieht stark demoliert und verbunden aus. Sofort kommt Bewegung in unsere dezimierte Meute. Alle halten Ausschau nach Bewegungen und der möglichen Hoffnung, noch jemanden unter den leblosen Hüllen zu finden. Mir wird kurz schlecht bei dem Anblick der so übel hingerichteten Menschen. Ein jeder von ihnen hätte wohl ein besseres Schicksal verdient gehabt. Umso größer wird der Zorn in mir. Sicher sind viele vor diesem Tag hier den Fängen der Reichen zum Opfer gefallen. Gleichwohl ist nun zu viel Blut auf einmal vergossen worden. Selbst für die aberwitzigen Verhältnisse der Reichen.

Ich schrecke kurz auf, als es mir plötzlich von der Seite auf die Schulter greift. Rich ist meinem Weg gefolgt und seinem Gesichtsausdruck zufolge gibt es keine guten Nachrichten: „Komm mit, Junge. Es geht um Wiz." Prompt lasse ich von allem ab und laufe meinem Freund bis zum Ende des Schlachtfeldes nach. Schon von Weitem ist eine kümmerliche Person, gelehnt an eine Laterne, zu erspähen. Meine Schritte werden schneller und schneller. Unaufhaltsam wird der Anblick deutlicher, den ich mir gewünscht hatte mir ersparen zu können. Mein Bruder sitzt verkümmert und nur noch mit halb offenen Augen zwischen mehreren Uniformierten. Am ganzen Körper sickert rote Farbe durch die Sachen.

„Tut mir leid, dass ich nicht Wort halten konnte und noch vor dir steh", stottert es aus seinem Mund heraus. „Halt gefälligst die Klappe. Wir schaffen dich jetzt zurück zum Bezirk. Da können dich die anderen behandeln." „Einen Dreck werdet ihr tun. Die Zeit rennt noch immer gegen uns. Bei den Reichen wird sich jetzt die Angst breitmachen. Das müsst ihr ausnutzen, sonst gehen die uns noch durch die Lappen." Ich weiß, wie recht er hat.

Gleichlaufend wird mir klar, wie schlecht es um Wiz steht. In diesem Zustand zu überdauern, solange wir weg sind, ist einfach nicht möglich. „Beeilt euch! Wir müssen weiter. Im Zentrum geht's schon drunter und drüber", durchbricht Charlie meinen Gedankengang. Rich gibt seinem Bruder einen letzten Schulterschlag und macht sich dann zu unserer verbliebenen Gruppierung auf.

„Nun mach schon. Geh endlich. Bevor ich noch aufstehe und dich da rüberprügeln muss." „Ich werde das hier höchstpersönlich aus der Welt schaffen und du wirst ein Teil davon sein. Du wirst immer ein Teil von alldem hier sein. Das schwöre ich dir auf all unsere Gefechte. Wirst dir das alles aber selbst anschauen müssen. Weißt ja, wie schlecht ich im Beschreiben bin." Ein schmallippiges Lächeln folgt auf beiden Seiten. Daraufhin wende ich mich schweren Herzens von meinem Freund ab. Mit der zerschmetternden Gewissheit, wohl einen Weiteren an dieses ganze Verderben verloren zu haben.

KAPITEL 8 - ☐
MEMOIREN DER BRÜDERLICHKEIT

„Tut mir leid. Hab noch ein bisschen gebraucht. Können jetzt aber endlich weitergehen und das Ding hier durchziehen", lasse ich in die Nacht verlauten. „Dann ist das unser Zeichen. Wir werden jeden Einzelnen von diesen Schwächlingen vor das Volkshaus bringen. Wenn es sein muss, mit Gewalt. Dort wird sich dann aufgeteilt. Eine Hälfte hält die Gefangenen in Schach, die andere sucht nach den Jugendlichen. Und eins noch. Wir mögen deren Sklaven an der Grenze hier ausgeschaltet haben, was aber nicht heißt, dass wir nun nichts und niemanden mehr zu befürchten haben. Also seid auf der Hut." Charlies Worte geben den Startschuss für den Aufbruch. Schon aus der Ferne ist das Durcheinander der Reichen festzustellen. Wie ein bunter Ameisenhaufen rennen sich die völlig überforderten Bürger mehrfach um. Die Angst in den wirren Handlungen ist nicht von der Hand zu weisen. Sie alle haben mitgeschnitten, wie weit wir in ihr Territorium vorgedrungen sind. Und diesmal nicht aus irgendeiner Erlaubnis oder gewollten Entscheidung ihrer Strippenzieher.

Dann geht es los. Ohne Rücksicht auf Verluste stürmen wir auf das aufgewühlte Wohngebiet. Die wenigen Reichen, die es noch nicht in ihre Häuser geschafft haben, werden sofort zu Boden gebracht. Ohne jegliche Optionen zwingen wir sie Stück für Stück zum Volkshaus. Von viel Gegenwehr kann bis dato auch noch nicht die Rede sein, da wir wohl ausnahmsweise mal physisch in der Übermacht sind.

Rich arbeitet sich gemeinsam mit mir in die ersten Reihenhäuser vor. An fast allen sind die Fenster so zugehängt, dass es ein Leichtes ist, die Verstecke der Feiglinge auszumachen. Zu unserem Vorteil sind deren Türen nicht aus den stabilsten Materialien. Schon beim ersten Tritt merke ich, wie das brüchige Holz immer mehr nachgibt. „Geh mal schnell zur Seite. Ich latsche das Ding jetzt ein", johlt Rich und macht einen großen Ausfallschritt nach hinten. Danach lässt er sein Bein mit vollem Erfolg durch den Eingang wandern. Von drinnen sind schwächliche Schreie zu vernehmen. Sie ebnen uns gleichzeitig den Weg. Einem langen Hausflur folgen zwei leere

Abstellräume. Ohne weitere Erschwernisse übernehme ich den nächsten abgeriegelten Zugang. „So leicht sind wir ja noch nie irgendwo eingebrochen", scherze ich und trete in das weitläufige Wohnzimmer ein. Von der Größe her steht es dem Clubraum in nichts nach. Wo man hinsieht, stehen Kronleuchter und andere vergoldete Dekorationen. Mit diesem ganzen unnützen Mist hätte man wohl einen ganzen Monat Nahrung in unserem Bezirk finanzieren können. Meine Augen schweifen jeden Quadratmeter der Räumlichkeit fassungslos ab, bis sie an der hintersten Ecke hängen bleiben. Dort sitzen sie zusammengekauert. Ein stämmiger Herr und eine eher dürftig genährte Frau. Beide ungefähr um die vierzig Jahre alt. „Seht zu, dass ihr hier rauskommt! Unsere Aufpasser werden schon von eurem Wahnsinn hier unterrichtet worden sein. Ihr seid doch nichts weiter als wilde, dreckige Tiere", krakeelt uns die Frau mit einer so grellen Stimme an, dass es schon fast in den Ohren wehtut. „Halt den Rand!", unterbreche ich sie nicht minder laut. „Ihr hört mir jetzt mal ganz genau zu. Entweder wir gehen jetzt gemeinsam und ohne Ärger vor zum Volkshaus oder ich schwöre euch, wir prügeln euch da vor. Liegt ganz bei euch." Diese Ansage hat sichtlich gesessen. Die ohnehin schon eingeschüchterten Schnösel zucken mehr und mehr zusammen. Kurz darauf hievt sich das Paar auf. Sie folgen uns bereitwillig aus dem Haus, ohne auch nur ein weiteres Wort zu verlieren. Draußen auf den Straßen herrscht das gleiche Bild. Hier und da sind Jugendliche mit Reichen im Schlepptau zu sehen. Nur die wenigsten setzen sich zaghaft zur Wehr und werden mit roher Gewalt zum Gehorsam gezwungen. Mit den Gefangenen in der Zange reihen Rich und ich uns in den Strom ein. Nur behäbig kommen wir voran, da die gesamte Stadt von Menschen förmlich überspült scheint. Wenige Meter vor der Einfahrt zum Volkshaus machen wir Halt. Rich hat seinen Blick plötzlich starr gegen ein rotes Fachwerkhaus gerichtet. Seine Augen sind so weit geöffnet, dass ihm etwas wirklich Prägnantes aufgefallen sein muss.

„Was hast du denn, Junge? Einen Geist gesehen?", frage ich ihn eindringlich. „Nein. Viel besser. Lies mal das Namensschild über der übertriebenen Haustür da." Meine Sicht wandert langsam und immer gezielter auf den Schriftzug. „Ach du Scheiße. Steht da echt Fimmler?" „Den zieh ich da jetzt eigenhändig raus", tobt Rich los. Er hat alles um sich herum vergessen und rast mit voller Geschwindigkeit auf den Eingang zu. Schneller, als ich schauen kann, ist die Tür eingetreten. Ungeachtet aller Ereignisse um uns herum folge ich ihm direkt in den Flur. Weiter vor mir gibt es schon die ersten Schläge. „Wo versteckst du dich? Du feige Ratte!", schreit es immer wieder durch die Behausung. Bis augenblicklich Ruhe einsetzt. Ich folge den verblassten Geräuschen durch einen engen Schlafbereich. In der anliegenden Küche fällt mir sofort ein dicker Blutfleck an den Keramikfliesen auf. Prompt läuten bei mir alle Alarmglocken und lassen mich um jede Ecke zweimal blicken. Vorsichtig schiele ich in den nächsten Raum. Mir zieht es fast den Boden unter den Füßen weg, als Rich dort bewusstlos auf einer Couch liegt. Das Polster unter ihm ist stark durchnässt, was das Blut von gerade eben wohl sicher zu seinem macht. Kurz bevor ich meinem Freund zu Hilfe eilen will, tritt Fimmler mit zwei Aufpassern hinter sich in den Raum: „Schafft den unnützen Köter in die Anstalt. Dort werden diese ganzen Unwissenden spätestens in einer halben Stunde auftauchen. Dann erleben die ihr tausendstes blaues Wunder." Mit meinem Freund im Gepäck verlassen die Bodyguards fügsam das Haus. Ich zähle noch bis zehn und warte darauf, dass sich mein Herzschlag wieder normalisiert. Unmittelbar danach schieße ich auf Fimmlers Gestalt zu. Sein Gesichtsausdruck verrät, wie stark er mit einem weiteren Besucher gerechnet hat. Ehe er auch nur ein Wort von sich geben kann, wandert meine Faust zentral in seinen Magen. Ein zweiter

Hieb folgt in die Seite. „Was habt ihr in der Anstalt vor? Los, rede! Sonst reiß ich dich in Stücke. Das weißt du ganz genau!" Keine Antwort. Um meine Ernsthaftigkeit zu unterstreichen, packe ich den hilflosen Mann am Schlafittchen. „Letzte Chance, Herr Lehrer. Sonst wisch ich hier mit dir auf." „Ihr seid alle nur noch einen Schritt vom sicheren Abgrund entfernt. Danke, dass ihr so nett wart und jeden noch so ahnungslosen Jugendlichen hier hergebracht habt." „Diese dämlichen Sprüche habe ich in letzter Zeit zu oft gehört, um mich davon noch schocken zu lassen. Spare dir den Speichel lieber für das Wesentliche und spucke endlich aus, was in der Anstalt passieren soll! Dann kann ich dich endlich den anderen überlassen." „Ich werde es dir sagen. Aber nur aus dem Wissen, dass eh schon alles unaufhaltsam in die Wege geleitet wurde. Euer einziger Weg zur Befreiung liegt im obersten Geschoss der Anstalt. Dort hat sich unsere Führungsetage verschanzt. Du weißt ganz genau, nur wenn ihr die in Gewahrsam genommen habt, seid ihr auch in der Lage, das alles zu beenden." „Du erzählst mir gerade nur Dinge, die ich eh schon weiß. Nicht besonders hilfreich, wenn ich meine Faust stecken lassen soll." „Glaubt ihr echt, die würden sich so leicht von euch schnappen lassen? Da wird ein letztes Hindernis auf euch warten, auf das könnt ihr gar nicht vorbereitet sein.

Dir wird ja wohl klar sein, warum die Anstalt auserkoren wurde und wer euch allen da noch im Weg steht."

Ich versuche kurz die einzelnen Puzzleteile zusammenzufügen. So viele Szenarien ich mir auch ausmalen will, wird immer klarer, dass es nur eine plausible Erklärung für den finalen Akt gibt. All die Jugendlichen, die uns entrissen wurden, sind die Hürde, die es noch zu überspringen gilt. Der Gedanke daran, diese Leute zu bekämpfen, die eigentlich heute neben uns stehen sollten, wirkt mir zu makaber und surreal. Vor allem, weil es eine beängstigende Sicherheit gibt, dass Schmidt, Rocky und die anderen ein Teil dieser Feindschaft sein werden. Ob sie sich darüber im Klaren sind oder nicht.

„Na, Junge. Seine Freunde zu verraten, das kennst du ja schon. Aber sie dann hier für den Sieg begraben zu müssen ist dann doch noch einmal was anderes, oder?", lockt mich Fimmler aus der Reserve. Meine Aufmerksamkeit ist nun längst nicht mehr auf ihn gerichtet. Mit diesem Satz hat er sich einen Abschied aber redlich verdient: „Jetzt hör mir mal ganz genau zu, du selbstverliebter Drecksack. Mir ist es so unglaublich egal, wie wenige Chancen du uns gibst. Ihr habt uns doch ohnehin schon lange abgeschrieben. Was soll es da noch zu verlieren geben?" „Ihr habt bereits alles verloren. Euch alle unterscheidet längst nichts mehr von uns." „Da liegst du falsch, Lehrer. Wir kämpfen nicht gegen eine Sache. Sondern für eine." Dieser Ausspruch beendet das Gespräch und trägt mich bis vor das Volkshaus.

Der Weg dahin gibt sich so ruhig, dass es schon fast unheimlich wird. Keine Kämpfe mehr. Keine rennenden Menschen. Keine Schreie. Wenig später erklärt sich diese Stille von selbst. Scharenweise liegen Feinde zusammengepfercht und eingeschüchtert auf dem Kopfsteinpflaster. Um sie herum wachen Charlie und seine Jungs mit geschärftem Auge. Auch nur bei der kleinsten Bewegung wird straff mit Gewalt gedroht. „Da bist du ja endlich! Dachte schon, bei euch ist irgendwas schiefgegangen. Wo steckt dein Kumpel?", ruft mir Charlie schon aus der Ferne zu. „Diese feigen Hunde haben ihn überwältigt." „Was sagst du da? Dann werden wir ihn sofort wieder befreien. Wir sind schon zu nah an unserem Ziel, um jetzt noch jemanden zu verlieren." „Ich fürchte, da liegst du nicht ganz richtig. Die haben ihn zu den anderen manipulierten Jugendlichen in die Anstalt geschafft. Die sollen jetzt alle das letzte Schutzschild abgeben. Erst wenn wir da vorbeikommen, gibt es die Möglichkeit, die Drahtzieher in die Knie zu zwingen." „Worauf warten wir dann noch? Das ist alles, was wir jemals wollten!" „Verstehst du das denn nicht? Wir müssen unsere Freunde und Brüder unter die Erde bringen, um das zu erreichen!" „Ich verstehe das hier alles ganz genau, Junge. Und ich habe dir von Anfang an gesagt, dass das Ende dieser Tyrannei das oberste Ziel ist. Deine Freunde da oben sind schon längst nicht mehr die von früher. Nichts als gedankenlose Hüllen. Auf die können wir keine Rücksicht mehr nehmen. Tut mir leid."

Ich gebe es auf, weiter zu diskutieren. Hinter Charlies Rücken machen sich schon die Ersten kampfbereit und marschieren wenig später auf zum letzten Gefecht. Ungefähr die Hälfte unseres Gesamttrupps bleibt zurück, um die Gefangenen weiterhin zu sichern. Keine Minute vergeht und ich stehe allein auf weiter Flur. So nah der Sieg nun in Greifweite gelangt ist, so sehr durchströmt mich das Gefühl des Versagens. Alle Versprechen für umsonst. Jeder brüderliche Schwur scheint in unendliche Ferne gerückt. Natürlich war es auch stets der Wille meiner Freunde, hier allem Alptraum ein Ende zu setzen. Koste es, was es wolle. Doch niemand von uns konnte auch nur im Entferntesten ahnen, wie finster sich die entscheidende Aufgabe darstellt. Lieber wären wir alle gleichzeitig von Bord gegangen, als auch nur einen Einzigen aufzugeben. Allem Ungemach zum

Trotz verliere ich deswegen nicht länger Zeit. „Jeder von ihnen hätte dasselbe auch für mich getan. Da könnte man ein noch so Totgesagter sein", denke ich laut vor mich hin.

Nachdem Charlie und seine Vorhut einen kleinen Vorsprung bekommen haben, setzt sich mein Körper in Bewegung. Dies fällt nun immer schwerer. Jeder meiner Knochen zollt langsam Tribut für all die Einschläge. Der stechende Schmerz wird schnell von dem Klang zerbrechender Glasscheiben übertönt. Die Jugendlichen vor mir sind gewaltsam durch die riesige Eingangspforte der Anstalt gedrungen. Nun ist der Weg frei für das groteske Aufeinandertreffen. Jugendliche werden Jugendliche bekämpfen, und das im Bezirk der Reichen. Ein Wahnsinn an sich, wenn man sich einmal vor Augen führt, wie es hier vor einem Jahr noch aussah.

Gebückt bahne ich mir den Weg über die breite Steintreppe. Von der Eingangstür ist nur noch ein gewaltiger Scherbenhaufen übrig. Hinter diesem erstreckt sich die triste Empfangshalle. Sie scheint wie verlassen. Keine jungen Menschen, die ihre Waffen sprechen lassen oder sich gemeinsam den Steinboden als Friedhof teilen. Die gespenstische Ruhe lässt mich unruhig werden. Ich horche in jede Himmelsrichtung, um eine Orientierung zu erlangen. Nichts als Stille. Kurz danach erinnert es mich an meinen ersten Aufenthalt hier. Man hatte uns für Aufpasser gehalten und so auf schnellstem Wege zu Rocky geführt. Wir wurden über den Lift in den obersten Stock geleitet, wo später die langen Flure und vielen Zimmer warteten. In einem von diesen Käfigen war unser Freund gefangen. Nur dort können sich die Leiter der Reichen verkrochen haben. Vorsichtigen Schrittes nehme ich Kurs auf den Fahrstuhl. Schon von Weitem ist zu erkennen, dass der leuchtende Knopf blutverschmiert ist. Schnell wird mir die heikle Lage wieder vergegenwärtigt. Ich kann mir jetzt einfach nicht mehr leisten, hier noch mehr Zeit zu vergeuden. Ansonsten kann ich meine Brüder wohl nur noch vom Boden abkratzen.

Das Knarzen des Aufzuges ist wohl in der ganzen Stadt zu hören. Ein greller Ton kündigt seine Ankunft im Erdgeschoss an. Mindestens genauso Gehör schädigend schiebt sich die Eisentür auseinander und bringt etwas zum Vorschein, was mir kurz den Atem raubt. Ein erstarrter Körper liegt direkt vor meinen Füßen. Doch nicht die leblose Hülle, deren Gesicht mir nicht bekannt vorkommt, lässt mich fast auf die Knie fallen, sondern das, was sich dahinter am Spiegel befindet. „Rocky. Schmidt. Zwillinge. Wiz. Rich", traue ich es leise vorzulesen. Dass dies nicht mit roter Lebensmittelfarbe angezeichnet wurde, erklärt sich bedauerlicherweise von selbst. Ich versuche, so gelassen wie nur irgend möglich zu bleiben, und hieve die ärmliche Gestalt aus dem Fahrstuhl. Ständig streift mein Blick über die Titel meiner Freunde. Sie werden wissen, dass ich auf dem Weg bin. Sie werden wissen, dass nur noch mein Name auf der Liste fehlt. Gleichzeitig liegt Charlies Triumph wohl noch in weiter Ferne. Er und seine Anhänger werden es noch nicht geschafft haben, die Strippenzieher zu erreichen. Ansonsten hätte niemand Zeit für ein solch abartiges Kunstwerk gehabt. Nachdem mir die Fassung langsam wieder in den Gliedern steckt, steige ich in den Lift ein und betätige den Knopf des letzten Stockwerkes. Unüberhörbar beginnt der Weg nach oben. In mir befindet sich nicht die leiseste Ahnung oder Vorstellung. Nichts, das mich in irgendeiner Form auf das vorbereitet, was da oben warten könnte.

Die Fahrt fühlt sich schon nach einer Ewigkeit an. Meine schweißnassen Hände und schlotternden Knie machen es mir nicht gerade leicht, die Konzentration hochzuhalten. Nur der Gedanke an die Gewohnheit solcher Umstände lässt mich langsam wieder runterkommen. Tatsächlich hat uns die Routine gegen alle noch so aussichtslosen

Hürden abgehärtet. Das lautstarke Klingeln ist mein Zeichen. Die Tür beginnt sich stockend aufzuschieben. Fortwährend öffnet sich der bereits bekannte Flurgang. Im Gegensatz zur ersten Begegnung ist hier diesmal weder etwas einsam noch verlassen. Entlang der blassen Kalkwände steht eine Übermacht an jungen Männern. Dicht gestaffelt und mit identischer Haltung blicken sie mich gefühlskalt an. Vor ihren Beinen hocken Charlie und seine Gefolgsleute auf dem Boden. Sie sind am gesamten Körper gefesselt und starren fassungslos nach unten. Vorsichtig betrete ich den Korridor und erblicke an dessen Ende eine aus der Reihe tanzende Figur. Mit wackeligen Beinen beginnt mein Spießrutenlauf. Ich spüre jedes einzelne Augenmerk auf mir. Alles soll dazu dienen, mich mehr und mehr aufzufressen. Je weiter ich die Gesichter passiere, desto klarer wird der Anblick des letzteren. Der Körperbau. Die Gesichtszüge. Alles spricht wahrhaftig für ein finsteres Wiedersehen. Als der finale Schritt getan ist, stiere ich direkt in Rockys Fassade. Er steht entfremdeter vor mir als je zuvor. Seine blutunterlaufenen Augen mustern jede meiner Handlungen.

„Was machst du hier?", zittere ich aus meinem Mund heraus. „Er ist deine große Chance. Die endgültige Prüfung", kommt als Antwort. Doch sind es nicht die Worte meines ehemaligen Freundes. Hinter ihm formieren sich die Oberhäupter der Reichen. Unter ihnen finden sich die gleichen schmierigen Typen aus dem Konferenzraum wieder. Sie sind von einer Brigade Aufpasser umstellt. „Los, Objekt neun. Zeig schon, worum es geht." Auf diese Anweisung hin greift sich Rocky an die hintere Hosentasche. Wie selbstverständlich zieht er eine schwarze, glänzende Pistole hervor. Sofort inspiziere ich das unheilvolle Schießeisen und warte nur darauf, dass es auf mich gerichtet wird. Doch weit gefehlt. Mein Bruder fängt an die Waffe in seinen Händen zu drehen, bis der Lauf in seine Richtung zeigt. „Na, Junge, leicht überrascht? Ich muss schon sagen, wir haben euch nicht zugetraut, so weit vorzudringen. In der Tat hat keiner erwartet, dass ihr uns so gefährlich werden könnt. Die Stadt und die Einwohner mögt ihr vielleicht gewonnen haben. Doch die wahren Einwohner sind erst hier zu erobern. In der Waffe vor dir befindet sich nur eine Kugel. Sie ist für deinen so geliebten Kumpel bestimmt. Nur wenn du ihm die letzte Ehre erweist, werden dir alle anderen hier folgen. Wir haben es ihnen so eingetrichtert. Objekt neun ist der Anführer aller manipulierten jungen Menschen unseres Bezirkes. Wer ihn stürzt, wird uneingeschränktes Vertrauen bekommen. So und nicht anders wurde es diesen seelenlosen Geistern eingepflanzt." Niederschmetternder denn je prescht diese Nachricht auf mich ein. Jegliche Bemühungen, alles zu beenden, waren für umsonst. Jeder Gefallene ist nichts wert gewesen. Völlig klar, dass ich nicht einen Gedanken an die Kanone verschwende.

„Dann soll der Krieg besser so enden. Erschießt mich lieber gleich. Ihr habt schon genug Willen bekommen. Doch diesen Gefallen werdet ihr ganz sicher nicht euer Eigen nennen können", antworte ich forsch. Im selben Moment nehme ich einen Schritt mehr Abstand zu Rocky. „Oh nein, mein Kind. Du wirst dir ganz genau mit ansehen, wie wir eure Frauen und Jüngsten zu Sklaven machen. Ihre eigenen Männer werden das Verderben über sie bringen. Mit euch allen als Geiseln haben wir keinerlei Schwierigkeiten, sie ausfindig zu machen." Umgehend wird erkenntlich, dass Rocky und die Waffe nur Show sind. Die Reichen haben zu keinem Zeitpunkt mit meinem Abzug gerechnet. Mal wieder steht die tiefe Demütigung hinter den ganzen Angeboten. Dieses wird nun aber zweifelsohne das Besiegelnde sein. Niemand weit und breit ist mehr übrig, der unser sinkendes Schiff noch retten kann. Kein Jugendlicher kann das mehr überleben. Wenn doch, wird er sich wünschen nie geboren zu sein.

„Gib mir deine Hand", dringt eine Stimme in meine Abschiedsgedanken, welche schon fast als verloren galt. Mein Körper hat sich schon zur Hälfte von den Unterdrückern weggedreht. „Nun mach schon. Gib mir deine Hand und sieh mich an", ruft Rocky abermals mit ernsterem Unterton. Allgemeine Stille umgibt fortan den Gang. Eine Stille der Entrüstung. Keiner hätte es je für möglich gehalten, dass ein beeinflusster Junge einen eigenen Willen und eigene Worte entwickelt. Das Herunterklappen der Kinnladen ist spürbar zu hören. Auch meine Schockstarre ist durch diese Verblüffung aus den Fugen gerissen. Blitzartig wende ich mich wieder um und staune Rocky direkt ins Gesicht.

„Wie ist das möglich?", kommt gerade noch so aus mir heraus, als mein Gegenüber beginnt, seine Hand auszustrecken: „Für Erklärungen bleibt leider keine Zeit, mein Freund." In meiner Benommenheit fange ich ebenfalls an, meinen Arm lang zu machen. Dabei wird mir nicht wirklich bewusst, aus welchem Grund dies gerade geschieht. Ruckartig packt es mich am linken Ellenbogen. Rocky hält ihn so fest, dass eine Ausweichbewegung unmöglich wird. Seine andere Pranke hält noch immer die letzte Kugel bereit. Durch den festen Griff gerate ich langsam, aber sicher auf den Abzug. „Was tust du da? Ich werde

nicht abdrücken. Das weißt du am allerbesten",
spricht die Angst aus mir. „Nein, ich weiß. Das
wirst du nicht."

Immer fester zieht sich die Schlinge zu. Ich
versuche mich noch gegen die imaginären
Handschellen meines Freundes zu wehren, da
liegen seine Finger über meinen auf dem Auslöser.
„Mein Bruder. Mit dem Zeitpunkt unserer ersten
Begegnung wusste ich, dass wir gemeinsam etwas
Großes erreichen können. Etwas, das mehr als nur
ein einzelner Kampf ist. Etwas, das man so nie
vergessen wird. Ihr habt mich aus diesem
trügerischen Schlaf wieder herausgeholt. Nicht
durch Gewalt oder Vergeltung. Nur durch eure
bedingungslose Freundschaft. Zwischen all diesen
Qualen war mir immer klar, wie weit ihr da
draußen für mich geht. Meine Tränen oben im
Konferenzraum haben mich an die schäbigen
Umstände des Bezirkes zurückerinnert. Doch es
waren Tränen der Freude und des Stolzes. Sie
haben mir deutlich gemacht, dass wir bereits
gewonnen haben. Keiner hätte uns je den Mut zum
Protest nehmen können. Für all diese Jungen hier
besteht noch Hoffnung. Das habe ich selbst
gesehen. Sei ihnen ein guter Anführer und zeig der
Welt, wofür unsere Generation steht." Ein
unaufhaltsamer Ruck und der Schuss ertönt. Das
Piepen in meinen Ohren nimmt jegliches Gefühl.

Vor mir bricht Rocky wie ein nasser Sack zusammen. Ich versuche ihn zu halten. Keine Chance. Sein Körper erstarrt direkt vor meinen Füßen. Blut läuft in der Brustregion durch seinen grauen Pullover. Langsam beginnt mein Gehör wieder zu arbeiten und lässt mich verstehen, was hier gerade passiert ist. Dieser Wahnsinn lässt mich in die Knie gehen. Ich schlage meinem Freund mehrfach mit der flachen Hand ins Gesicht, bis mir auch der letzte Glaube verloren geht. Er ist nicht mehr am Leben, hat sich geopfert. Sein letzter Wille war der endgültige Abschied dieser Sklaverei.

KAPITEL 9 - □
FREMDE HORIZONTE

Die erste Panik ist verflogen. Ich hocke direkt vor meinem ausdruckslosen Freund. Noch immer sitzt der ausgelöste Schuss tief in meinen Gedanken. Dieser ungeheuerliche Klang wird mich mein Leben lang verfolgen. Das steht bereits sicher fest. Als mir langsam Sinn und Verstand zurückkehren, wird mir plötzlich unfassbar schlecht. Für einen Bruchteil einer Sekunde realisiere ich, dass Rocky nicht mehr aufstehen wird. Nie wieder. Dieses Bewusstwerden treibt mir über alle Übelkeit hinweg Tränen in die Augen. Tränen der beispiellosen Trauer. Tränen des unendlichen Zornes.

„Wie bedauerlich. Doch das habt ihr nun davon, wenn ihr euch gegen unser Projekt auflehnt. Er hat tatsächlich geglaubt, sich von unseren Ketten lösen zu können. Schade, Nummer neun hier hatte großes Potential. Aber wer seine Sturheit nicht in den Griff bekommt, ist auch im Müll besser aufgehoben", meldet sich das Haupt der

Anzugträger zu Wort. Ohne mir auch nur einen weiteren Satz dieses Spottes anzuhören, ziehe ich meinen Körper hoch und renne mit all meiner letzten Kraft auf den Abschaum zu. Dem ersten Schlag eines Aufpassers ausgewichen, trifft meine geballte Faust direkt ins Ziel. Das Gesicht des Mannes gleicht sofort dem Anblick eines angeschwollenen Hefepilzes. Mit dem nächsten Atemzug spüre ich schon den Knüppel eines anderen Uniformierten auf mich zukommen. Der Einschlag erfolgt. Doch erfolgt er nicht auf mir, sondern auf dem Arm eines Jugendlichen. Kurz darauf folgt ein weiterer Junge, der den Wachposten mit nur einem Tritt niederstreckt. Die folgenden Feinde ereilt dasselbe Schicksal, bis nur noch Krawatten und Feiglinge vor mir stehen. Ihre Angst reicht bis unter die Decke.

Mit dem verbliebenen Stück an Arroganz traut sich einer von ihnen vor uns: „Was tut ihr erbärmlichen Wichte da? Ihr seid unsere Projekte und steht unter unserer Leitung. Die Führungsübergabe bei Erschießung dieses Jungen war nur Vorwand!" „Natürlich war sie das", antwortet eine zweite Stimme so trocken und vertraut, dass es mir abermals auf die Tränendrüsen drückt. „Ihr habt uns alle in eure Machenschaften eingewebt. Doch nichts wiegt mehr als die Verbundenheit unserer Generation. Rocky wusste es. Ein jeder hier weiß es nun." Schmidt greift mir beherzt auf die Schulter. Er ist am Kopf kahl rasiert und trägt Sachen, die er so nie tragen würde. Ich muss ihn beim Hereinkommen einfach nicht erkannt haben. „Nehmt dieses Gesindel fest und tragt sie in die Stadt. Der Spuk hat ein für alle Mal ein Ende."

Wie erwünscht fallen die Teenager über die Reichen her. Ob leblos oder davonlaufend. Sie zwingen das Pack in Richtung Lift und befördern es nach unten. Im nächsten Moment der Ruhe gelingt mir der erste befreite Zug nach Luft seit einer gefühlten Ewigkeit. Ich sehe Schmidt vor mir knien. Er hat sich zu Rocky gebückt und hält ihm die Hand. Diese Art Abschiedsgeste reißt mich fast wieder in ein tiefes Loch hinein.

„Junge. Es gibt nichts auf diesem Planeten, was diesen Schmerz je lindern wird. Doch aus Liebe zu ihm und damit sein Opfer niemals für umsonst gewesen sein wird, werden wir weitermachen. Wir werden eine Welt schaffen, die dieser hier in keinster Weise gleicht. Mahnmale werden erbaut, dass jeder sieht, wo wir herkommen und nie wieder hinwollen. Lass uns diesen Jungen und Mädchen ein neues, angemessenes Zuhause geben. Er hat es so gewollt", nimmt mich Schmidt in die Verantwortung. Alle seine Sätze entsprechen der Wahrheit. Aus Anerkennung zu meinem verlorenen Bruder schiebe ich jegliche Trauer beiseite. Rocky hat sein Leben nicht für diese Sache gegeben, damit wir jetzt an Melancholie zugrunde gehen. Er sollte stets als Monument für Brüderlichkeit in uns weiterleben. Kein Tag sollte vergehen, an dem nicht den Opfern für ihre Tapferkeit und Treue gedankt wird. Jeglicher Hauch einer Aufteilung oder Unterdrückung muss fortan im Keim erstickt werden. Nie wieder dürfen wir riskieren, dass uns ein ähnliches Schicksal ereilt.

„Lass ihn uns gemeinsam nehmen. Wir tragen ihn und die anderen nach Hause. Da, wo sie hingehören", schlage ich mit gediegenem Ton vor und packe den liegenden Körper unter die Arme. Schmidt verliert keine unnötigen Worte und greift sich die Füße. Mit einem Ruck heben wir unseren Freund in die Höhe. Ohne zu sprechen, steigen wir in den Fahrstuhl ein und verlassen wenig später die Anstalt. Auf den Straßen ist keine Spur mehr von Aufruhr oder Krieg zu erkennen. Auch der Sammelpunkt vor dem Volkshaus bleibt beruhigt. Die meisten der Gefangenen haben ihre Niederlage eingesehen. Sie kooperieren in Anbetracht der Tatsachen, dass weder Führung noch Unterstützung für sie bestehen. Deren Drahtziehern unterliegt noch immer die vollste Aufmerksamkeit unserer neu gewonnenen Verbündeten. Sie werden keine Minute ohne Polizeigriff und Beobachtung gelassen. Die schmerzverzerrten Gesichter der Reichen sind zu meiner Überraschung keine wirkliche Genugtuung. Ich fühle noch immer diese zermürbende Leere in mir und mit Rockys regungslosem Körper in den Armen ist wenig Platz zum Vergessen.

Unter der breiten Masse an Sitzenden entdecke ich Fimmlers verdreckte Visage. Er wird von zwei hochgewachsenen Kerlen mit leichten Ohrfeigen bearbeitet. Bei genauerer Betrachtung entpuppen sich die beiden Hünen als die Zwillinge. Auch ihnen hat man Glatze rasiert und Klamotten angezogen, die den Versuchskaninchen galten. „Sie waren mit uns da oben. Muss mich auch erst einmal an den neuen Schnitt gewöhnen", unterstreicht Schmidt meine Feststellungen.

Angekommen auf der Hauptstraße, machen wir Halt. Vorsichtig legen wir Rocky zu Boden und betrachten das ganze Ausmaß des Kampfes. Soweit das Auge reicht, teilen sich Aufpasser und Jugendliche den zerstörten Asphalt als letzten Ort der Ruhe. Ein Blutfleck fließt in den anderen über. Zersplitterte Holzstämme, verschlissene Knüppel und gebogene Eisenstangen komplettieren diesen schaurigen Anblick. Der Gestank von Verwesung sticht in der Nase. „Schmidt! Wiz liegt noch da drüben", schnellt es blitzartig in meine Gedanken. Nicht weit von uns lehnt er noch immer an der Laterne, an welcher wir uns verabschiedet haben. Alles, was meine Beine noch hergeben, hole ich heraus. Kurz vor dem Erreichen meines Freundes stoppe ich jedoch. Meine Knie brechen zusammen und lassen mich hart auf den Stein fallen. Wiz' Augen sind weit geöffnet. In ihnen fehlt jedoch sämtlicher Hauch von Leben. Er hat es nicht geschafft. Er hat es einfach nicht geschafft.

„Ich fasse es nicht. Das ist doch jetzt alles nicht wahr", stammelt der heranstürmende Schmidt vor sich hin. Auch seine Erschöpfung reißt ihn nach unten. Beide sitzen wir zusammengekauert vor dem zweiten kolossalen Schock in kürzester Zeit. Das ist wahrlich nichts, was ein Jugendlicher ertragen sollte. Eine flüchtige Weile der Stille folgt. Nichts ist rundherum zu hören. Weder aus dem ehemaligen Bezirk der Reichen noch aus unserer Heimat. Es scheint fast so, als würde die ganze Welt ihre Anteilnahme bekunden. Die bedrückte Ruhe wird dann von mehreren herankommenden Schritten unterbrochen. Dem Schlurfen und behäbigen Gang zufolge muss es sich um die Zwillinge handeln. Doch sind sie nicht alleine. „Sagt mir bitte, dass das da vorne nicht Rocky ist. Los, sagt es schon!", kommt Rich hysterisch auf Schmidt und mich zugestürmt. Seine

Kopfverletzungen sehen noch genauso wie in Fimmlers Wohnung aus. Dennoch ist sein Überleben der erste wirkliche Lichtblick des heutigen Tages.

„Tut mir leid. Es war sein eigener Wille", antworte ich ihm und probiere dabei keinerlei Gefühle zu zeigen. „Was redest du da für ein Zeug? Wie kann er das gewollt haben?" „Rocky hat uns ein neues Leben ermöglicht. Er, Wiz und all die anderen Gefallenen haben den Weg für uns geebnet. Es wird Zeit, dass sie endlich weg von diesem Ort des Leidens kommen. Wir werden sie angemessen begraben. Jeden von ihnen. So wie sie es verdient haben." Mit diesem Ausspruch lasse ich Rich stehen. Sosehr er die notwendigen Erklärungen verdient hätte, ist es mir schlichtweg nicht möglich abermals über das Geschehene zu sprechen. Genauso dringend müssen die Opfer endlich in Würde nach Hause geleitet werden. Gegen die permanenten Schmerzen raffe ich mich auf und taumele Wiz entgegen. „Na los. Helft mir schon", kommt es trocken aus meiner Kehle. Wie in der Anstalt packe ich den Körper unter die Schultern. Einer der Zwillinge folgt meiner Anweisung. Schmidt und Zwilling Nummer zwei nehmen sich das Gleiche bei Rocky vor. Rich ist nach meinen Aussagen nur noch aufgelöster. Ohne Pause stiert er auf unsere gefallenen Brüder. Für ihn wirkt alles ebenso unwirklich.

Im Schneckentempo überqueren wir die Straßen und Häusergassen. Am Grenzschild vorbei wird mir kurz warm ums Herz. Nie hätte wohl einer von uns jemals damit gerechnet, den Übergang von dieser Seite wieder passieren zu können. Der Geruch von Heimat liegt in der Luft. Dass es sich hierbei nicht um Blütenduft, sondern Altmüll handelt, stimmt mich umso glücklicher. Die ersten Kinder und jungen Mädchen empfangen uns schon kurz vor den Blöcken. Ihnen ist nicht verborgen geblieben, dass ihre Zukunft nun endlich beginnen kann. Freudenschreie und versuchte Umarmungen zeugen von deren Dankbarkeit. Selbst die sich im Schlepptau befindlichen Wiz und Rocky schrecken sie nicht ab. Vielmehr packen die ganzen Jünglinge mit an und helfen uns, befreit zur Schule zu kommen. Dort warten schon die übrigen Nachkommen und Frauen.

An der Spitze der Versammlung stehen Janine und Marie. Ihre funkelnden Augen verraten, wie unermesslich groß sich die Erleichterung und absolute Freude über die Rückkehr ausdrückt. Wir legen unsere Freunde auf die kleine Rasenanlage vor der Schule. Schmidt liegt sich sofort mit seinen Frauen in den Armen. Ein Bild, für welches jedes Wort fehl am Platze wäre. Die große Meute nimmt die Zwillinge und Rich umgehend auf. Zunächst wird sich um die unsauberen Wunden gekümmert. Danach bekommen die drei endlich wieder eine warme Mahlzeit. Ich habe mich nach der Ankunft kurz von der Gruppe abgesetzt. Mein gelöster Gang treibt mich an den alten Wohnungen vorbei. Überall stehen offene Fenster. In ihnen wird das langsam aufkommende Tageslicht gespiegelt. Nichts wird mehr so sein wie vorher. Die entfernten Städte der Reichen werden nach und nach mitbekommen, was hier stattgefunden hat. Es wird sie abschrecken. Sie werden sich ohne jeden Zweifel von uns fernhalten. Die Angst ihrer verwöhnten Bürger wird ohnehin Beschäftigung genug sein. Wir haben es nun in der eigenen Hand, dieses Wunder zu vollenden. Fernab von Trauer und Krieg.

Das altbekannte Stahltor des Clubraumes empfängt mich. Nichts hat sich hier verändert. Der ohrenbetäubende Lärm beim Öffnen der Tür und die diesige Atmosphäre innerhalb des Raumes wirken unfassbar vertraut. Natürlich, waren wir gerade mal einen halben Tag weg. Dennoch sind wir alle nicht mit dem Gefühl losgezogen, hier jemals wieder etwas sehen zu dürfen. Die dreckige Sofaecke gibt meinen Knochen die wohlverdiente Entspannung. Millionen von Erinnerungen fliegen an mir vorbei. Jede erlebte Geschichte hat ihren eigenen Platz. Dieser abenteuerliche Weg hatte uns schon immer in seinem Bann. Jetzt ist sein Ziel erreicht.

Meine Lider schließen sich. Wie im betrunkenen Zustand beginnt sich alles zu drehen. Knapp vor dem Erbrechen öffne ich sie wieder. Rich hat sich den Clubraum als selbigen Zufluchtsort gesucht: „War mir klar, dass du hier bist. Charlie und seine Männer kommen langsam zurück. Sie verteilen die Gefangenen gerade auf die Blöcke." „Ein guter Plan sie zu trennen. Das lässt die noch ruhiger werden", entgegne ich mit einer einladenden Geste. „Wir haben nicht nur ihnen den Zahn gezogen, sondern auch allen anderen Gegenden. Ich glaube nicht, dass wir irgendwann noch einmal jemanden von der Sorte zu Gesicht bekommen werden. Haben das Blatt echt gewendet." „Keine Frage. Die werden froh sein, wenn sie uns nicht noch einmal sehen müssen. Darauf können wir stolz sein."

Rich schnauft tief durch. Sein Blick wandert jede Ecke des Raumes ab. Ich weiß zu genau, wie seine nächste Frage lauten wird, und warte nur darauf, bis er sie stellt: „Und? Wann wirst du mir erzählen, was da oben passiert ist?" „Kann dir wirklich nicht sagen, ob ich das eines Tages abermals in Worte fassen kann. Rocky hat uns etwas hinterlassen. Wir sollten es lieber in unserer Zukunft weiterleben lassen, als dass ständig über seinen Abschied geredet wird." „Ich kann einfach nicht so weitermachen, wenn mir keiner sagt, wie alles zu Ende ging." „Glaub mir, Rich. Seine eigentlichen Taten haben gerade erst begonnen. Er ist nicht gegangen oder geraubt worden. Sein Sieg hat ihn unsterblich gemacht."

Der darauffolgende Tag verging wie im Fluge. Nachdem alle älteren Bürger im gesamten Bezirk verteilt wurden, kümmerten wir uns um die Opfer. Gräber wurden direkt vor der Schule und in allen möglichen Grünflächen der Stadt ausgehoben. Auch die dahingeschiedenen Aufpasser bekamen ihre letzte Ruhe. Ob Feind oder Freund. Jeder sollte in Würde gehen dürfen. Der erste Punkt, welcher uns nach dem Krieg von den Reichen unterscheiden sollte. Sie hätten wohl keinen Gedanken an so einen Gefallen verschwendet. Die prunkvollen Villen und Reihenhäuser wurden bewusst leer gelassen. Niemand von uns begehrt diese Art von Wohnen. Sie würde nicht dem entsprechen, wie wir vor dieser Zeit gelebt haben und vor allem, wie unsere verlorenen Freunde es gewohnt waren. Die Versorgung ist nach wie vor gut gestellt. An eine wirkliche Hungersnot ist nicht zu denken, da die Speicher aller reichen Bewohner bis unter die Decke gefüllt waren. Außerdem haben wir begonnen neue Brunnen auszuheben und Getreide an den anliegenden Feldern anzubauen. So etwas wie nächtliche Ringkämpfe oder tägliche Hetzjagen existieren nicht mehr. Die Kinder beschäftigen sich immer mehr mit dem Bau neuer Unterkünfte und helfen die Straßen und Mauern mit Steinen auszulegen. Die Begräbnisse für Wiz und Rocky haben wir genau hinter den Clubraum verfrachtet. Die dortigen Fußwege waren so dahin, dass wir nur ein paar Asphaltstücke wegtragen mussten, um fruchtbare Erde zu bekommen. Beide selbst gestalteten Grabsteine schmückt dieselbe Aufschrift: „In Brüderlichkeit und Freundschaft. Mehr als nur ein Leben lang." Rocky haben wir nicht ohne seine Boxhandschuhe gehen lassen. Sie liegen direkt auf dem kleinen Blumenbeet, welches den nassen Grund abdeckt. Über der zweiten Beerdigung ruht eine dicke Eisenstange. Sie war das Letzte, was Wiz in der Hand hielt, und symbolisiert seine ungebrochene Tapferkeit.

In der Mentalität unserer weiteren Brüder und Schwestern lebt nun endlich wieder ein Funken Zuversicht. Man sieht ihnen die langsam aufkommende Genesung an. Hier und da wird erstmals wieder gemeinsam gelacht. Kein Groß oder Klein, kein Alt oder Jung wird mehr auf die Probe gestellt. Ein jeder kann sich in Freiheit dem widmen, wonach ihm gerade ist. Schon zu lange ist ihnen das verwehrt geblieben. Charlies Anhängerschaft beschäftigt sich primär mit der Überwachung der Gefangenen. Die wenigen, die noch als gefährlich angesehen werden, lässt man keine Minute ohne Aufsicht. Den meisten Besiegten fällt es jedoch leicht, sich ruhig zu verhalten. Sie werden von uns in keinster Weise geknechtet oder wie Vieh gehalten. Wir alle haben am eigenen Leib erfahren müssen, wie es sich anfühlt, seiner Selbstständigkeit beraubt zu sein. Es würde uns zu keinen besseren Menschen machen, würden wir jetzt Gleiches mit Gleichem bestrafen.

Ein sonniger Morgen ist angebrochen. Mein neues Schlafzimmer ist der Clubraum geworden. Mehrere Bettdecken übereinander bieten eine relativ gute Matratze. Jeden Tag nach dem Aufstehen schaue ich sofort nach den beiden Grabmalen. Stets riecht man hier um diese Zeit den angenehmen Duft von frischer Luft und blühenden Pflanzen. Mir fällt ein kleiner abgebrochener Stiel über Rockys Beet auf. Mit einer gezielten Handbewegung spitzele ich den Ast heraus und rücke alles wieder in seine Ordnung. Eine heisere Stimme holt mich von Weitem erst so richtig in diesen Tag hinein: „Junge! Ein paar Leute waren die Nacht über in den großen Gebäuden drüben. Die haben irgendwelche geheimen Bunker gefunden. Da waren unzählige Säcke mit Getreide und Körnern drinnen. Das muss wohl so etwas wie ein Notfallproviant gewesen sein." Der rotbackige Junge gehört zu den Jüngsten des Bezirkes. Er ist mir noch nicht so oft über den Weg gelaufen, doch aus irgendeinem Grund erinnert er mich an den leicht übermütigen Wiz. Auch mein Bruder musste immer seinen Gefühlen freien Lauf lassen und der ganzen Welt erzählen, was es zu berichten gibt.

„Großartige Neuigkeiten, mein Freund. Dann erhältst du hiermit die Erlaubnis, dir so viele Helfer zu holen wie nötig, um die Säcke hierher zu tragen." „So und nicht anders wird es passieren! Und bevor ich es vergesse. Das soll ich dir von Rich und Schmidt geben. Sie haben es bekommen, als die Jungs von ihrem Fund wieder zurückkamen. Haben leicht bedrückt gewirkt." Mein Gegenüber gibt mir ein Heft mit rotem Umschlag in die Hand. Auf der Vorderseite ist nicht wirklich viel zu erkennen. Einzig ein paar Kritzeleien. Ich schlage die ersten Seiten auf. Sie sind allesamt unbeschrieben. Kurz bevor mir das Ganze ungeheuer wird, kommt ein kleiner Zettel zum Vorschein. Er fällt aus dem hinteren Knick der Folie direkt vor meine Füße. Noch am Boden entfalte ich das Blatt Papier. Mein Blutdruck steigt in ungeahnte Höhen. Zu groß ist die plötzliche Überraschung. Kein Zweifel. Ich halte Rockys Handschrift in den Fingern. Er muss es kurz vor unserem Aufeinandertreffen verfasst haben. Was da geschrieben steht, bringt all das in mir zum Vorschein, womit ich bis dato noch nicht herausgerückt habe. Diese Gefühle wollte ich nie mehr an mich heranlassen. Nun zeigen sie mir auf, wie Rocky tatsächlich gelebt und gedacht hat.

Aus der Freundschaft gerissen, in tiefster Nacht.

Die Monster der Ketten übernahmen die Wacht.

Den Kopf gab ich ab, noch vor der Tür.

Das Herz rissen sie raus, schrieben drauf Willkür.

Mein Leben begann mit Qual und Leid.

Sie sprachen in Drohungen ohne Zeit.

Freunde und Rettungen kamen vergebens.

Ich wollte sprechen, so laut, so flehend.

Tränen flossen, nicht aus Willen.

Sie spülten die Seele, wirkten wie Pillen.

Gedanken rannten künftig entfernt vom Schleier.

Schweigen barg das Geheimnis entgegen der Geier.

Die Lücke des Systems, sie schien gefunden.

Brauchte es nur jemand zum Bekunden.

So stand die letzte Schlacht nun bald bevor.

Reich und Alt setzten mir die Intrige ins Ohr.

Mit dieser Chance begann der Plan zu entstehen.

Die Person war gewählt, ich musste gehen.

Wenige Stunden noch bis zur Begegnung.

Alle Erinnerungen vergegenwärtigt, welch Empfindung.

Seit an Seit im Kampf ums Überleben.

Mit euch bei mir war alles aufzuheben.

Kein Moment der Reue war vollzogen.

Bis ans Ende der Welt war nicht gelogen.

Sah in eure Gesichter, kurz vor der Schwelle.

Gleich flog ich frei, wie eine Libelle.

Einen schöneren Abschied, den gab's nicht zu wünschen.

Die Menschen der Brüderlichkeit, die mich liebten.

Sie sahen zu, wie alles entstand, und teilten den Atem.

Weder Sieg oder Niederlage zählten bei Besagtem.

Wir hatten uns, brauchten kaum mehr.

Das Bündnis nahm jede Hürde, selbst das Heer.

Keine väterliche Hand, die einen führte.

Es entwickelte sich das, was ich jetzt hier spüre.

Umgreift die Welt mit großen Armen.

Unser Sieg ist heute Teil des Rahmens.

Seid das Beispiel der erschütterten Generation.

Lasst alles fruchten in gemeinsamer Form.

Macht's gut, ihr Verrückten.

Zeitfracht Medien GmbH
Ferdinand-Jühlke-Straße 7
99095 Erfurt, Deutschland
produktsicherheit@kolibri360.de